東京の昔

吉田健一

筑摩書房

目次

東京の昔

一

これは本郷信楽町に住んでいた頃の話である。当時は帝大の前を電車が走っていたと書いても電車も帝大も戦後まであることはあったのだからそれだけでは時代を示したことにならない。それならば日本で戦前だとか戦後だとか言うようなことになるとは誰も夢にも思っていなかった時代ということにして置こうか。兎《と》に角《かく》帝大と電車が出たのだからこれが文久三年と言った大昔でないこと位は解る筈である。どうもその頃はその電車が通っている道も砂利道だったような気がする。それだから春になって温い風が吹き始めると埃が立ち、その為に電車通りに並ぶ古本屋の店先の本がざらざらした。尤《もつと》もそういう商売をその頃していた訳ではない。ただ学生時代の癖で古本屋を覗いて見るということも偶《たま》にはしたというだけのことで、それでは何をして暮していたかということになるとこれが実はそう簡単に説明出来ることではないのである。別に昔の時代はよかったというのでなくて確実にそういうことが考えられるのは例えばフランス革命の後で十八世紀のヨーロッパを振り返るとか安禄山の乱の最中に玄宗皇帝が長安に都していた盛時を回想するとかいう特定の場合に限られたことであるが帝大の前を電車が春風に砂埃を上げて走っていた頃に就《つい》て一つだけ言えることは生活が楽だったということである。

当時は一円を百で割った一銭というものがあってこれが今の十円銅貨の倍はある大きさの銅貨の形で人から人へと手渡されて一円はお札だった。その上に五円札、十円札というのがあって十円札が猪と呼ばれていたのは覚えているが一円札の別名が何だったかはもう思い出せない。それよりも五十銭銀貨がギザ一でそのことが記憶に残っているのはこの方が手に入れ易くて結構使いでがあった為と思われる。そのことから暮しの話に戻って例えばその頃は横浜までコーヒーの粉を仕入れに行ってこれを東京の懇意な喫茶店に卸して廻っても一日三、四円、どうかすると五、六円にもなった。それが盛り蕎麦が七銭の時代にである。又例えば中古の自転車を新品に仕立てることが兎に角その頃は出来もすれば商売にもなってどこかで中古を一台手に入れて多少その方のことに就て心得があり、友達が自転車屋をやっているのにそこの道具を借りれば余り手間を掛けずに当時の製品で言えば何年か前のギヤMが今年のギヤMに早変りして自転車を欲しがっているものに恩を着せて売り付ければ中古に払った値段の倍にはなった。

要するにどうにでもこうにでも暮しは立ってその一時の稼ぎで何日でも、或《あるい》は運がよければ何カ月でも懐手をして生きて行けたから定職がないことに自然なったが初めに書いた通り住所不定ではなかった。今はその町の辺がどうなったか知らない。もし十一階建ての高層住宅の隣に十七階建ての高層住宅が建っていてもこの頃のことだからと思って諦めることにする。併《しか》しその頃の本郷は木が多くて静かな町だった。そして表通りの一部は或は鋪装してあったかも知れなくても路次に入れば砂利道であるのは勿論のことでこの砂利道というのも今では懐古の情を込めて説明するに価する。これはその言葉からも察せられるように砂利を敷いた道であるが、それは敷いた当座のことであってそのうちにその上を行き来する人間が砂利を下の土の中にその回数からすれば丹念にという具合に踏み込んで砂利は土に没し、ただの泥道になったのが暫く続くと又そこに砂利が敷かれてそれが又土にめり込むまでは歩き難い。

砂利が敷かれたばかりとただの泥道の中間位が砂利道の見どころである。その辺ならば道は一応平たくなっていて歩き易くてその上を懐手をして行けば天気の日にはまだ土から頭を出している砂利の灰色が土の茶色とこっちの眼には馴染みの配合をなし、それが雨の日か雨上りならば砂利も泥も妙な具合に光って雨の道の観念を完成する。もしその辺の当時は勿論木の電信柱に自転車が立て掛けてあったりすればそれで文句なしに雨の日の東京というものが出来上って筆太に書いた下駄屋の立て看板とともにここは東京だという思いに人を誘わずにいなかった。それは夜泣き蕎麦の笛の音や羅宇《ラウ》屋の汽笛や晴れた日に空を舞う鳶と同様に東京の一部をなしていたので人口が何百万だとか東京市がいつの間にか東京に変ったとかいう泡沫の現象と違ってこういうものが東京であり、その為に東京が東京という町だったのでその空を舞う鳶がいなくなったのならばその代りになるものが出来ない限り今の東京は東京でもなければどこの町と呼べる程のものでさえもない。

併し管を巻くのは止めにして、又もう一度繰り返して言えばその頃も住所不定ではなかった。その信楽町の家にどういう事情で住み込むことになったのかは余り前のことになるのでどうも思い出せない。一つにはその頃は貸家とか貸間とかいうのが東京の人間が普通に住む場所だったのでただの気紛れからでもどこか他所の貸間、或は貸家に移りたければ好きな所を探せばよかったから何故或る町の或る家から別な町に住み替えたか一々覚えていられるものではなかった。もし必要があれば大八車を借りて荷物を載せて望みの場所まで引っ張って行けば大概はその辺のどこかに貸間とか貸家とか書いた札が下った家があってそこが気に入らなければその少し先に又それがあった。それで昔の昔の或る日、大八車を止めたのが偶然そういう貸間の札が下っていた信楽町の家の前でその部屋を見せて貰って気に入ったのだということになりそうである。それから随分長い間そこにいた。

その場所柄からそこが学生向きの下宿だったのでもいいようなものであるが家の持主のおしま婆さんが貸間の札を出した時にそれを望んでいたのかどうかは遂に聞かなかった。

これは見た所は別に婆さんという程の年でもなくて寧《むし》ろおばさんの感じだったが、それが初めのうち名前のことは頭になくて従って名前で呼びもしないで付き合っているうちに近所の人達がそう呼ぶのでいつの間にかこっちも自分がいる所の女主人をおしま婆さんと考えるようになった。そのおしま婆さんがこっちのことを何と思っていたのかは解らない。これが例えば乗った電車の車掌とか食堂で注文したものを持って来てくれた給仕とかいうのならば互に何と思うもない訳である。併し長年同じ家の一間を貸して貰っていて一日のうちに先ず二度は食事の世話にもなってそれでどういう間柄になるかというようなことになると例えばおしま婆さんとの場合は言わば初めからどこか気が合って安心しているうちにもっと前から付き合っていた感じがして来て相手がそこにいるのがしまいに至極当り前なことになったというのがお互様だったのではないかという気がする。そういうこともあるのでそれが当っていないと思わせる程のことをおしま婆さんは最後までしなかった。湯豆腐というものがある。これを書いている今がまだ冬だからそれが頭に浮ぶのかどうか知らないが冬の晩にこっちが出掛けずにいる時はおしま婆さんがよくこれをやって自分もこっちの部屋に来て二人で仲よく豆腐を突っついた。こういうものを二部屋に分けて作るのでは手間が掛ると思って初めの時にこっちがおしま婆さんを部屋に呼んだように覚えている。それでいてそういう時に大して話をするのでもなかった。ただ二人の間に昆布を引いた土鍋があって中に豆腐と鱈《たら》が沈み、それを掬《すく》っては薬味を利かせた醤油を付けて食べるだけでそれが湯気を立てているのが旨かったから話をする必要もなかった。おしま婆さんはそういう時に酒も一本付けてくれたが、そうした場合に飲むか食べるかどっちかが主になるのが普通で酒は余り上等なものではなくて豆腐は旨かったから酒はいつもその一本で終った。又一本だとそれが味覚を刺戟することにもなって今でもこの調味の方法を時々用いることがある。

おしま婆さんは食事がすむとさっさと机のものを下げてこっちは又その部屋で一人になった。併し前に言った夜泣き蕎麦の笛も聞えれば路次の向うの道を電車も通り、暫《しばら》くは何の音もしなくて沈黙に浸っている思いをしている時にこういう音が聞えて来る方が車がただやたらに煩《うる》さいのよりも遥かに都会の真中にいるという感じがする。その頃の東京は都会だった。こっちが下宿している家の女主人のことを近所の人達がおしま婆さんと呼ぶのを聞いているうちにということを書いたが、その近所の人達というのも直《す》ぐ隣に住んでいるのでさえ何をしてどういう境遇の人間か解らなくて道を幾度も通って顔を合せているうちに口を利くことにもなり、それが隣近所の付き合いに結構なった。恐らく困っていることが解れば助け合いもしただろうと思う。併しそんなことも起らなかった代りに何年も同じ場所にいるうちには近所の人達の中で近所付き合いよりももう少し親しくなったのもあった。

中古の自転車を安く手に入れて友達に自転車屋がいればそこの場所と道具を借りて中古を新品に仕立て直すと書いたのは仮定ではない。その自転車屋は路次から表通りに出る角にあった。これもその町に来てから馴染みになったのでまだ来立ての頃或る晩道に迷って自分の家に曲る路次がどこなのかその自転車屋で聞いた所がそこの路次がそうなのだった。この間抜けな質問をした誼《よしみ》でそれからは店の前を通る時にそこの勘さんがいれば何か挨拶を交すようになり、そういう訳でこの勘さんという友達が一人出来た。勘さんはその店の後継ぎで一人息子だったから言わばそこの若主人だった。こっちよりも年は十も下の感じだったが当時は若いものが子供の頃におやつにチーズを食べて育って頭までふやけたかと思うような代物でなくて二十を越えれば一応は人並に大人の振舞いをして又それを心掛けもしていたから勘さんが若いということは付き合いの妨げにならなかった。寧ろ時々そこの店先を借りて中古で儲けさせて貰うこと以外にも暇な折を一緒に愉快に過せる相手が出来て有難かった。

この自転車屋という商売も今日では説明が必要かも知れない。少くとも東京では自転車屋というものを余り見なくなっていてもしあってもそれが自動自転車とか自動三輪車とかの商売の片手間に自転車も扱っているに過ぎなくてよく見なければ自転車がどこかに置いてあるとも思えない。併しこれは嘗《かつ》ては東京で電車に次ぐ重要な交通機関だった。その頃の東京と言えば今日の東京の日曜を思えば多少はその観念が得られてそれもここでは歩く天国とかいうお祭騒ぎの雑沓を頭に描いてのことではない。その地獄を離れれば今日でも東京の通りや路次は日曜日は車が数える程に減って道の大部分がその表面になり、この町でもこんなことがあるのかとその異様な静寂に打たれる。併し昔はそれが毎日のことだったのでそれが東京の町であり、そういう具合だったから歩くのよりももう少し早くどこかに行きたくて電車が来るのを待つのがいやならば自転車に乗るに限る訳だった。それで自転車屋というものが繁昌して信楽町の路次から表通りに出て来た角の所にある自転車屋もその一軒だった。

今思い出して見てそこの若主人の勘さんにどういう特徴があったということもないようである。当時の習慣、或は文明に従って大人として扱える極く普通並の青年でこれを真面目と称すれば又誤解が生じる。そういう真面目な人間というのが実在するものかどうか知らないがこの形容詞はそれに附帯する幾つかの条件を考えて行くとそれに該当するものが人間と思えなくなって来て真面目だから酒を飲まなくて真面目だから煙草も吸わず、小説も読まず、芝居も見ず、外国に行けばそれが全くただ見聞を広くする為というようなのは人間ではない。勘さんはそんな朴念仁《ぼくねんじん》ではなかったが同時にそうでないとなると直ぐに聯想されるのが今日の仕来りであるただもう浮ついていて週刊誌の表紙に持って来いである種類の腰抜けでもなかった。この頃は普通の一人の若い男に就て書くのに随分手間が掛るものである。勘さんはそういう極めて普通の、或はその頃は普通に見られていた青年の一人だった。

こっちが立っている所がこっちが探している路次の入り口であることを教えて貰った翌日の午後に横浜に行く用事か何かで又そこを通った時に勘さんがいて、「家は見付かりましたか、」と聞いたから、「実はそこに住んでいるんです、」と答えざるを得なかった。そうすると勘さんが笑って、「最近越していらしたんですね、」と言った。それが我々が親しげに口を利いた最初でその時はその位のことで別れたがそれが合い性というものなのか、そこの前を通る時に勘さんが店にいることをそれからは何となく心待ちするようになった。その状態からもっと実質的に付き合うことになるまでは一足である。それもやはりその頃の或る晩本郷の辺りには、尤もこれは本郷に限ったことでなかったが本郷にも幾らもあったおでん屋の一軒に入って行くと勘さんが一人で飲んでいたので話は早かった。これも冬のことだったように思う。このおでんというのは冬食べるものと決っている訳でなくてそれでおでん屋というのがやって行けたことにもなるが冬の味が格別であるのは説明するまでもないことで季節が変るとどうも足は寧ろ鮨屋や蕎麦屋に向った。

説明するまでもないことと言ってもおでんやおでん屋とかいうものに就ても今の東京では多少の説明が必要なのだろうか。この頃東京の町を歩いていておでん屋というものを見たことがないが、そう何もかも説明してばかりいられない。我々が外国の小説の類を読む時に知らないことが多くてもそこに書いてあることから大体の状況を察して読み続けるのにそれ程不便を感じないのであるからそのやり方をこの場合にも適用して状況がそのまま説明になるということで話を進めたい。そのおでん屋の土間に並べられた幾つかの机の一つに向って勘さんが飲んでいたからこっちも自然その反対側の腰掛けに腰を降して別に銚子を頼むことになった。それが来るのを待っている間に勘さんが自分の盃に注いでこっちに廻してくれたことは言うまでもない。「冷えますね、」と勘さんが呟《つぶや》いた。その頃の東京は確かに寒かった。最近の冬がそれ程でもないのに就ては地球全体がそうなのだとか色々な説が行われているが大事なことはその頃冬になるといやでも冬ということを思わずにいられない位寒かったことなのでそれでおでんも有難ければ熱燗の酒も旨かった。そうしていて外に聞える凍り付いた砂利道を人が通る下駄の音も冷たそうで寒さが空から東京にのし掛っている感じだった。勿論それだからおでん屋の店の中も寒かった。それを温めるという観念もなくておでん屋の主人が立っている前には鍋が煮えていて温くて帳場にいるおかみさんの脇には火鉢が置いてあったが客は酒とおでんで温ることになっていて事実それで飲んでいるうちに温くなったのだから冬の気分が薄暗い電燈の明りとともにゆっくり味えた。それは鍋から昇る湯気と匂いにも漂っていてその頃は冬というものそれ自体に匂いも手触りもあると思っていたものだった。

「この辺は静かでいいですね、」とこっちも銚子が来てから勘さんに注いで言った。それでそこに移って来るまでは京橋の高松町のごみごみした中に住んでいたことを今になって思い出したが別にそれはこの話と関係があることではない。そう言っただけでその高松町のような場所から越して来たものと受け取って勘さんはこの辺が静かであることに就て言葉を探した。その位の呑み込み方が出来なくて都会の人間ではない。

「兼安《かねやす》までは江戸のうちなんだそうですからね、」と勘さんは言った。「その江戸のうちでも外れの方だったんでしょうよ。」その兼安の小間物屋だか何だかは今でもある筈である。そういうどうでもいいような話をしながら飲んでいるのはおしま婆さんと湯豆腐を突っついているの位楽しかった。そこの店の熱燗というのは酒が通って行く喉が焼けそうな本当の熱燗で又そうしなければ飲めない程の辛口でもあったから酔うよりも先にその熱いのと酒が強烈なので却《かえ》って暫くのうちは改めて目が覚める思いをする按配だった。そしてその店は前に一度来た時も気が付いたことだったが新たに一本持って来ても前の空になった銚子を下げずにいて勘さんの前にも二本そのいかついのが並んでいた。

「こうして置くと何本飲んだか解るからなんですよ、」と勘さんがその町の先輩らしく説明した。

「併し気を付けないとね、この酒は酔います。」

「それでなお更何本飲んだか知って置く必要がある訳ですか。」そう言えば前に来た時も初めの感じに似ずかなり酔ってその店から帰ったことを思い出した。これに対抗するには食べるのに限るのでおでんの方は袋にがんもに爆弾を頼んだ。この他にその頃はおでんの種に何があっただろうか。その晩もこの三つを頼んだ覚えがあるのからすればおでんの中でもこういう脂っこいものをいつも頼んでいたらしい。そのおでんも熱くて辛子も飛び切りよく利いた。それに熱燗の酒でそういうものを飲んだり食べたりしていると寒さを忘れるばかりでなくて勘さんが言った通り酔わないでいることの方も危くなって来た。

「このお銚子で十本飲んだらどうだろう、」と勘さんに言ったその言葉遣いもぞんざいになっているのに気が付いて一応は酔いを抑えた積りだった。

「それは止して置いた方がいいでしょう、」と勘さんが言った。「ここの酒は強いんだから。これを五本と飲んだ人はいないでしょう。」それを受けて立つ気になったのだから既にかなり酔っていたのに違いない。併しそれで直ぐにがぶ飲みを始める程まだ正気を失ってはいなくてそういうことをすれば角が立つこと位は頭の一部でだけでも分別が付いた。その代りに勘さんとそれまで通りにぽつりぽつりと話をしながらゆっくり飲んでいるうちに是が非でも十本の銚子を自分の前に並べる決心をして勘さんが気候のことを言えばこっちは世間の噂話をし、それを勘さんが取り上げて文明批評のようなことを始めればこの寒さで春が来るのが遅くなるかそれとも早いかという風なことに話を引き戻すうちに五本は銚子を並べることが出来た。勘さんはこっちが考えていることを察したらしくて止めもせず、それを顔に出す程ではなくて実際に十本飲めるものかどうか多少の好奇心を持ってこっちがすることを見ている様子だった。又それとともに勘さんの方は飲むのを加減し始めたように思われた。いざという時に介抱する役に廻る積りだったのだろうか。

そのうちに勘さんが言ったことが更に具体的な形を取ることになった。そこの机に並んでいる銚子が五本までは普通に数えられたが六本目、七本目辺りから気が付いたのは銚子が自分の前で観兵式の分列行進のようなことを始めて机にじっとしていない為にそれが七本あるのか八本あるのか、まして八本と九本では何度か数え直して見てもどっちとも言えないことでそうなると八本あるらしいのも本当はまた六本か七本なのかも知れなかった。それでも分列行進と格闘しながら飲むことも食べることも勘さんと話をすることも止めないでいたのだから勘さんよりは十は年上でもまだこっちも若かったことになる。そのうちに銚子の列を斜に眼を使って見るとその瞬間は行進が止って銚子が数えられることが解った。それで九本並んだのが或る時眼に入って暫くしてそれが空になったのを確めると又一本頼み、その列が十本になったのが又眼に入って何か机が自分から遠くなって行く気がした。

「大丈夫か、」と勘さんもぞんざいな口調になって机越しにこっちの肩に手を掛けた。それは気合いを入れられたようなものだった。確かに若いうちというのは陸《ろく》でもないことばかりであっても体力と体力から来る気力があることは認めなければならなくて青年が真剣になった顔付きというのは清新なものがある。それで我に返ってその十本目の銚子を取って勘さんの盃に注ぎ、その手も震えていないようだった。勘さんは笑顔になってそれを受けるとその同じ十本目の銚子でこっちに注いでくれた。今からその時の状況を察すれば勘さんはこっちが酔ったと見たのを自分の思い過しと考え直したのではないかという気がする。併しその十本目も大体の所はこっちが自分一人で空けてどうにももうそこで飲み続けたくはなくなり、

「どこか別な所に行きましょうか、」と勘さんに言って銘々の勘定をすませて立ち上った。所謂《いわゆる》、梯子《はしご》酒の心理だった。

外は寒天に満月だった。その下を道の真中を歩いて行くと電信柱の電線が月を遮ること

もなくて一面に霜が降りたように白い中で頭が冴えた。「強いんですね、」と勘さんが言った。どこかの座敷で縁もゆかりもない人間にそういうことを言われるのと違ってこれは青年が年長者を認めた言葉であることが感じられて嬉しかった。一体に青年というのは何が何だか解らずに確かなことを求めているものであるからこれがそうと認めたことは確かである。言わば必死の勢でしがみ付かれるようなものだろうか。そしてそういうことを言われた時に返事をする必要はない。その代りにそれから行くその行く先が問題になって京橋から銀座、新橋に掛けてはそういう場所を知っていても本郷の辺はまだ不案内なのを思い出して勘さんに、「貴方どこか知っていませんかね、」と持ち掛けて見た。勘さんがその真白になった道を走って来た円タクを止めて何か交渉していてから二人で乗った。この頃は円タクという言葉が用いられなくなったことをこの頃になって知った。それで説明するとこれはもともと今日の言葉で言えば個人タクシーが始めて東京に現れてこれが大概どこへでも一円でも行くのが珍しがられて円タクと呼ばれた。そして今日の事情とは逆に初めは一円だったのが段々値下げして五十銭、三十銭、どうかすると二十銭で同じ距離を行ってくれるようになり、それを幾らにするかは運転手との交渉次第だった。或はもっと手っ取り早い所で片手を開いて振って見せれば五十銭で乗せて貰いたいということだった。その代りに随分がたぴした車もあって我々がその晩乗ったのもそういうがたぴしたのだったが行きたい所に待ったなしに行けることに変りはなかった。併し行った先が白山だったか、もう少し遠い神楽坂だったかどうも思い出せない。

どっちの方へ行くにも本郷からは坂を下ることになって、ただその時は途中から又登り坂になったような気がするので神楽坂だったのではないかと考える。その頃夜遅くなって行ける所にバーとカフェーと待合《まちあい》があった。そのバーとカフェーとどう違うかは面倒だから細かい説明は略して要するにその中で一番設備が簡単で誰にでも行けるのがバーでその数も多かった。その白山だか神楽坂だかのバーが勘さんの馴染みの店だったことは入って見て直ぐに解った。それが本郷でなかったことは若くても勘さんが既に酒の飲み方を心得ていたことを示すもので飲むのはその行き帰りが大切であってゆっくり歩いて帰れる距離でない時には或る程度は遠方でなければ帰りに酔いを覚す暇もない。又飲んで直ぐ隣の自分の家に戻るというようなこと自体が興覚めである。その勘さんのバーが地理的にどこにあったのでも円タクで行って帰って来るのに丁度いい距離にあってそこに着いた頃にはそれまでいたおでん屋が既に頭から消えて飲み直す気分になった。

その頃のバーというもののことを思い出すと種も仕掛けもないという言い方が頭に浮んで来る。全くその通りで名前は一応はシャノアールとかアルデンヌとか外国風のものを付けて多少は工夫をした看板や軒燈でそこがその店であることが外から解るようにしてあったが中に入れば大体どこも同じで薄暗い中に家具が幾らか置いてある向うにバーテンが洋酒の壜が並んでいる棚を背に止り木でその下半身が見えなくなっているという趣向だった。それだけあれば酒が飲めるからである。尤もその他にどういう積りなのか棕櫚《しゅろ》の鉢植えが置いてある店が多かった。それから女給さんというものがいた。併しこれも要するに誰かがバーテンの所から客の卓子まで飲みものを運ばなければならなかったからで男よりも女の方が雇い易いのはその時代にも変りはなかった。それに女給さんというのは客が置いて行く金だけでやって行くのが普通だったようでそれも一晩に五十銭も置けば誰も文句を言わなかった。

このお互様に非情な扱いには掬《きく》すべきものがある。それが無愛想ということではなくて客は手軽に洋酒が飲みたいからバーに行き、その客の為にものを運ぶのが商売になるから女給さんはそれをやって互に冗談を言ってもいらっしゃいましにゃあ位でもこの基本的な関係は堅持されていた。それで便利である上に爽快でもあってバーに入るのがカフェーではなくて行き付けのパリのカフェで空いている卓子を見付けた時の感じに似ていた。その晩勘さんが連れて行ってくれたバーでも我々はそうした気持で空いていた卓子の一つを取ってウイスキーを頼んだ。ここでもう少し又説明して置かなければならないことがある。

何故かこういうバーが客で一杯になっているのを見たことがなくてそれでもバーというものがやって行けるようだったのは一般に生活が楽で偶に中古の自転車を新品だと言って人に売り付けたり横浜で安く手に入れたコーヒーをもう少し高い値段で東京のどこかで引き取って貰ったりすることで暮せたのと同じことだったらしい。もう一つ、どうしてかその頃は国産のウイスキーというものを殆ど聞かない代りに外国のものが何でもなく飲めてどのウイスキーにするかは値段ではなくて好みの問題だった。又それだから水で割って一杯をなるべく長引かせる算段をする必要もなくて大概は生で飲んだ。勘さんがブラック・エンド・ホワイトを注文してこっちはホワイト・ホースを頼んだ。

勘さんはこっちがおでん屋で飲んでいるのを見て安心が出来る相手と決めたようだった。尤もそれで急に陽気に振舞うのでも馴れ馴れしくするのでもなくて安心した分だけ寛いだ様子になり、それがこっちにも伝わってウイスキーの味が俄《にわ》かに親めるものになった。あの頃はウイスキーというものを随分飲んだものである。このもともとはスコットランドの濁酒に近い地酒だったものが多少の工作をして色が澄んだりした所で今でも余り旨い飲みものとは思えない。併しその焦げ臭い匂いもどこか喉を刺す味もあっさりしているという風にも取れて一晩を改めて飲んで過す気分の時にはその色が澄んでさえ見える。勘さんと二人でそこの剝げ掛った擬《まが》い革の背の椅子に腰を降してそのウイスキーでやっているとそこの店はガスが燃えていてその火がそれが冬の晩であることを知らせた。別に賑かな気分ではなかった。併し勘さんのような頼もしい青年と飲んで時を過すのにそれだけのものがあれば充分だった。

「昔は江戸川で泳げたそうですね、」と勘さんが言った。併し白山も江戸川からそう遠くはないからそれだけではまだ店の場所が明かにされたことにならない。

「まだ隅田川で白魚が取れるんだから江戸川だってもう少し昔ならば水が澄んでいたかも知れない、」とこっちはその江戸川を昔は遡ってどこかまで舟で行くのが普通だったことを思い出しながら言った。現に江戸川はまだ夏になると涼しげに見えた。そういう背景ならば冬に当時のバーでウイスキーを飲んでいても外国のことを思う必要がなかった。勘さんは本当の飲み助の質らしくてアルコールが体の中を廻っているのがそれだけで楽しい様子でその満足に浸って言うことは実はどうでもいいのだとも考えられた。そういう人間の傍にいるとこっちもその気になる。

「あのおでん屋のがんもには何か細工がしてある、」とこっちは言った。

「あれは銀杏を入れる前に煎るんですよ、」と勘さんが言った。「あすこの親爺さんから聞いたんです。」

「そうするとあすこの種はお手製なのか。」併しおでんの種をおでん屋が自分の所で作るのか卸しで買って来るのかというようなことも実はどっちでも構わないことだった。その部屋の炉を真似た窪みに小さなガスの炉が燃えていて家具はどうということはないので前からそこにあった感じで落ち着き、そこで出すウイスキーは本もので女給さんは客が二人で話をする積りでいるのを見て注文を聞きに来る以外は近寄りもせず、飲むので取り上げたグラスを卓子に置く時の音とガスが燃える音の他は薄暗闇が凡《すべ》てを包んで酔いが体を廻っているのがいやが上にも明確になって来るそういうあの頃のバーで過した晩を今でも思い出すことがある。だからどうというのではない。何でもだからどうかしなければならなくなっているのが戦後の騒々しさである。その晩はもうおでん屋の酒が十本飲めるかどうかというようなことはすんでウイスキーを時々お代りして飲んでいればよかった。

「戦争が起りやしませんかね、」と同じ満足している様子で勘さんが言った。

「起るかも知れませんね、」とこっちは答えた。その頃繁栄が或る程度を越すと戦争が起るということをどこかで読んでいた。尤もこれも戦前の話である。

「そうすると又兵隊さんか、」ともう兵役を終えて帰って来ていた勘さんが言った。こっちは丙種だった。併し勘さんが又兵隊になって出て行くということも考えられなくて戦争もがんもどきの製法とともにその晩の波に運ばれて流れ去った。

「軍隊にいた時にね、」と勘さんが言って話がそっちの方のことになった。「夜通し行軍していて朝になったら肩の銃に霜が降りているんでびっくりした。」その頃日本は確かもう十何年か戦争をしてなかった。従ってそれは昔話になっていたが徴兵制度があったから軍隊生活というのは日本にいる人間が何十人かに一人の割で経験していることで珍しくもなかったのみならず軍服を着た兵隊、又兵営から聞える喇叭《ラッパ》の音が日常の生活の一部になっていた。その陸軍の喇叭というのは間延びがしたもので新兵が兵営で消燈喇叭を聞くと家が恋しくて泣いたものだそうであるが我々が外でそれを聞くとただ夜が来たと思った。まだワシントン条約が締結される前後の軍縮気分の煽りで士官が軍服を着て電車に乗ると気が引けたというのだから軍隊生活というのがどういうものか知らない我々にも大体の想像は付いた。それで陸軍のこちこち組は歯ぎしりして口惜しがっていたに違いないが、そんなのは我々が知ったことではなかった。要するにそういう風だったから勘さんの軍隊生活の話もそのままで立ち消えになった。

どうもそのバーが神楽坂にあったのではないかと思うのはそこを出て勘さんと行った待合の周囲が今になって頭に浮んで来て当時の白山の色街ではその地形が合わないからである。勿論その神楽坂も戦争で焼ける前の当時のものである。今はどうなっているのか知らないがその頃の規則ではバーというのは夜の十一時に締めなければならなくて十一時までに入ってしまえば多少の時間的な融通は利いても十二時近くなればどうしても店を出ることになった。そうすると後行けるのは大森の蟹料理の店でもない限り待合しかない。その待合のことをこの頃は何と言ったか忘れたが大体の察しは付くと思う。そしてその待合に就ても何か規則があったとしてこれは警察に黙認されてのことだったのか真夜中過ぎても客を入れることは入れたからバーの次にもっと飲みたければ待合という順序になった。それを待合の方で喜んだかどうかは別問題で従ってそういうことをするのにはどこかおかみさんと懇意な店があることが必要だった。

勘さんが黙って坂を又登って行ったからその辺に知っている店があることが察せられた。確かにあれは神楽坂だった。そこから赤城神社の方を向いて大体右が小さな待合、坂の左が大きな料理屋風のものという具合になっていて勘さんは右の方に向って歩いていた。その辺は焼けてしまったが当時はどういうのか一軒の店毎に小さな丘の上に建っている形で丘に高低があり、そうして段々になってどの段にも店があって軒燈が付いているのが如何にも手招きしているようだった。それはお伽噺の眺めでもあり、「千夜一夜」を思わせもした。確かハルーン・アル・ラシドの後宮はそういう風に幾つもの小さな建物が散らばって出来ていた筈である。そこに書いてあるような庭はなくてもどの店にもそれぞれの植え込みがあり、そういう何流かの待合でも普請に或る程度の趣向は凝《こら》してあってこれが男が遊ぶ場所だという感じが出してあるのはその実物がなくなった現在ではただそう書く他ない。この男が遊ぶ場所というのは寛いで飲めるということでもある。今から思うと待合というのは遅くなっても行けたから行っただけでなくてその風呂に浸っているのに似た気分が待合というものにあることも確かに手伝っていた。その一軒の前で立ち止ると勘さんがベルを押して玄関の戸を開けたそこの仲居さんらしいおばさんが勘さんを見ると、

「又ですか、」と言った。もう一時を過ぎていたことは事実だった。勘さんは眼を伏せるようにしてから又顔を上げて、

「でもね、」と言った。こっちは後にいたから解らなかったが恐らくは笑顔になっていたのだろうと思う。勘さんはそういう無邪気な笑顔になることが出来た。「これから戸締りをして貴方は寝ればいいんだから。」

それからどうするのかと思っているとそのおばさんは我々を二階の八畳の座敷に通してから暫くいなくなっていて次に大きな盆を持って現れた。勘さんが来ればどうすればいいのかよく知っているようで盆を畳の上に置くとそれに載っている何十本かの銚子とそれと同じ位の本数のビールの中からビールを一本とコップを二つ取って机に置き、ビールの栓を抜いて我々に注ぐと更に盃を二つ我々の前に置いて、

「御苦労様、」と我々の方で言っていいようなことを言って部屋を出て行った。併し相当に飲んだ後で夜中に大きな盆に運ばれて来た酒とビールを一本ずつ片付けて行くのは決し

て御苦労なことではない。その仲居さんがビールを注いで行ったのはこれも勘さんに訓練されてのことだったのに違いなくて一晩飲んでいれば妙な具合に喉が乾くから先ずビールということになる。その辺から勘さんが本式の酒飲みであることが解って来た。これは強いことを示してただがぶ飲みするというようなことをしない人間を意味してそれでも盃、或はコップは離さず、その上下がゆっくり時を刻んで行く。又そんな風に落ち着いて飲むには深夜に他に入れてくれる所がなくなって辿り着いた当時の待合の座敷でやるのが一番向いているかも知れなくて人間はこうして酒と相対になる。そこに一緒に飲む相手がいてもそれならばその数の人間が酒と相対になっているので呼吸が乱れないから同じ人間である親みが生じて自分以外のものがいるのが邪魔にならない。

併しそこまで書くならば更に説明が必要になる。こういう真夜中でも女も呼ばない客を入れてくれるような待合というものは今はそうしたことがどうなっているのだろうとその頃は少くとも一流と呼ばれる種類の店でなくて座敷というのも素人下宿の部屋を掃除だけは先ず丁寧にしてある程度のものに過ぎず、そこの床の間に掛っているのは近所の古道具屋で買って来たあり合せのもの、そしてその下の花瓶に挿してあるのは造花かも知れない。つまり時刻は夜で酒とそれを飲む場所があるだけということが大切なのである。又その酒にも註釈を付けなければならなくてビールはどこで飲んでも同じようなものであるがその他のものはそういう店では安酒しか置いてないのが普通だったので色々と混ぜて飲んで夜遅くなってから改めてその安酒になるのでその反応は先ず気持が悪くなることから始った。又それを我慢しているうちに不思議な具合にそれが酒を旨いと思う気持に変ってこくも色も何もあったものではないのだからそれは純粋に酒だったとも言える。

勘さんが盃を上げ降ししてこっちも盃を上げ降しした。それがコップになることもあり、壜や銚子が空になると二人のうちのどっちかが盆の方に手を伸した。

「こうしていると幾らでも飲める、」と勘さんが解り切ったことを言ってそれがお座なりでなくて如何にもその通りのことに聞けた。

「気が散らなくていいや、」とこっちも先ず間違いがないことを言った。もう終電車が行ってしまってから大分たっていて車の音も聞えなかった。こうなれば次の変化は夜が明けることであるが朝というものがあったのは大昔のことで夜がその座敷に止っている感じだった。この状態で大きな盆に並んだ銚子とビールの壜が多過ぎることもないことが解った。そのうちで空になったのももとの場所に戻すから見た所は初めに運ばれて来た時と同じだったが列が真直ぐの部分と乱れている部分を比べれば空になった本数の方が既に多くなっていた。それが何時頃だっただろうか。併し酒飲みの気持ではまだ全体の半分近くが残っていることで安心していられて確かに銚子一本がそう瞬く間になくなる訳でもなかった。

これは喩えて言えば流れが緩やかな河を舟でゆっくり下って行くようなものでどこかに何《いず》れは着くということよりもそうして現に舟に乗っていることに注意が行く。「自転車が実用向きでなくなるっていうこともあるだろうね、」と勘さんが今度は別なことを言った。「皆が車に乗るっていうようなことになって。」「その時は実用向きでなしに自転車を宣伝することだって出来るだろう、」とこっちはどこかへ行った時にその頃は自転車にも付いていた番号が一万台を越したのがあったのを何故か思い出して言った。「何か自転車に乗ることに外国風の片仮名で書く名前でも付けてさ。或るものがないと困るから手に入れるのよりもそれがあるのが流行になった方が人にそれがなくちゃならないと思わせる力は大きいよ。そこに目を着けてお宅じゃ自転車の月賦販売を始める。」「いつか東海道を自転車で京都まで行ったことがあるんだ、」と勘さんが言った。「あれは面白かったけれどトラックには敵わないね、埃がひどくて。」「まだ自転車で行ける道が日本に残っているだろう、」とこっちはその同じ東海道を歩いて旅行した時のことを思いながら言った。それでまだ鉄道の鉄橋しか掛ってない大井川を渡しで渡って対岸の丘が午後の日光で温かそうなのを見てその辺に家を建てて住むことを考えた。「併し道っていうのは人間が行ったり来たりするものだろう。それが自転車に乗ってでもその感じになれるだろうけれどトラックはどうだろうね。あんなものじゃどこへ行ったって同じじゃないだろうか。それが普通の車だってきっとそうだよ。」「歩くのに越したことはないか。」併し我々が本当にそういうことを考えているのではなかった。例えば二人のものが釣りをしていて魚を取ることよりも浮きを見詰めているのが何となく楽しい時に互に思い出しては言うことに大して意味はない。我々は飲むことに浸っていて黙っていてもいいのに頭を掠《かす》めることがあるとそれを言っても構わなかったから言った。併しどうかすると両方が平生考えていることをどっちかが言って注意が酒からその方に逸れて行き、そうすると初めから増しも減じもしないでいる感じの酔いがその力を貸して平生よりもそのことに頭が集中した。

「これからの時代っていうようなことがあるのかね、」と勘さんが言った。「そういうことを聞くけれど。それがどんな時代でももっと解り易い所で自転車が売れなくなるとか誰もが車に乗るとか、そして戦争が起るとか、もしそういうことになったらそれがこれからの時代っていうものなのだろうか。もしその三つがその通りになったらそれは何時代っていうのだろう。」

「何時代でもないだろう。」こっちは雑誌に付いている題以上に時代というものが信じられなかった。「実は丙種だからね、先ず戦争が起っても取られないだろう。もし取られればもう日本の負けだよ。併し仮にそういうことがあってもそれでそのこれからの時代がどうにもなるものじゃないだろう。やはり負けても何でもその戦争が終ればこっちは胸を撫で降すだろうし、そういうことになって時代なんていうことを思うかね。そしてそれを思わないのがどうかしてるんじゃないんだ。貴方だって、誰だってきっとそうだよ。その胸を撫で降すんだって自分がもと通りの人間だからじゃないか。それで自分はもと通りでこれからの時代なんていうことを考えたって何の足しになるのか。それよりもこれから自分がどうするかで自分の一生は時代じゃない。」

「時代っていうものはないのか、」と勘さんがそこまで話を進めた。

「ないさ。」どうもそんな気がした。「例えば石器時代っていうものはあった。それから、」と幾つかの時代の名前が頭に浮んだのをどれも知識人を匂わせるものなので凡て消した。「或る長い期間をずっと後になって振り返って見ればそこに時代があることになるけれど、そのどの時代だって今は今だったんだよ、この今が今なのと同じで。」何だかそういう話をしているのが滑稽になって来た。「現に我々はこうして飲んでいて今から三百年前の人間もやはりこんな風にして飲んでいたんだ。それでいい筈だと思うんだけれど。」

「これから色んなことがあるんだろうな、」とそのことを別に気に掛けてもいない様子で勘さんが言った。「戦争に行くか。それとも自動車の修理工になるか。」勘さんが菜っ葉服を着ている所が一瞬眼の前にちらついて勘さんならば似合うだろうと思った。これが軍隊では相当な成績を挙げたのだろうということが別に頭に浮んだ。その一生は長いのに違いなかった。そう思うことがその夜を長くした。少壮能幾時と言った所で若いうちは時間が恐しくゆっくりたって行く。そのことに影響されて今は時間がこうして淀んでいる感じなのかという妙なことを考えて別にそういうことはなくて自分は自分で飲んでいるのでも勘さんという人間がそうしてたって行く時間の肴になっていることに気が付いた。その頃はこっちもまだ若かったのであっても自分よりも十も下の人間というのはそのこれから先のことはその人間の責任であることに安心を覚えてそう眼を光らせてばかりいなくてもいいもう一人の自分がそこにいる感じにさせるものである。

盆に載っているものの大部分がもう空だったがビールと銚子がそれでもまだ一本ずつ残っていた。勘さんがビールの栓を抜いてこっちのコップにも注いだ。そのビールが変に苦味が利いていて爽かだった。丁度こっちが床の間を背に坐っていたのでそこから見上げると雨戸の上のガラスが白くなっていてビールの味が朝になった為かとも思われた。

「飲んだな、」と勘さんが言った。「貴方がこれ程強いとは思わなかった。」

「それをこっちも貴方にお返ししなけりゃならないのかね、」とそのことがこっちは可笑《おか》しくなった。「先ず相子という所か。」

「そう、」と勘さんが答えた。「併しこっちの方が若いから。」

「それはどうも。」その頃は年上の人間の方が若いものよりも上であることになっていた。尤ももし今はそうでないならばそこの所がどうかしている。勘さんが開けたビールは直ぐになくなって最後の一本の銚子が机の上に置かれた。

「もっとと言う訳にも行かないだろうな、」と勘さんが言った。「あの仲居さんは可哀そうに今頃はよく寝ていることだろう。」こういう時の最後の一本というのは貴重であるよりも急ごうにも自然に飲み方が遅くなる位に旨い。もう汽車が出る時刻が迫っていてそれで今のこの今というものが凡ての時間を要約する感じであるのに似ていてその一杯が酒を要約する。勘さんが立ち上って、

「待っててよ、」と言って出て行って暫くすると、

「あった、」と言って手にもう一本の銚子を持って戻って来た。まだある筈と台所まで降りて行くとその一本がそこの台に載っているのを見付けたのだった。それは冷やだったが仲居さんが運んで来た分ももう何時間も前にそうなっていてお燗がどうのこうの言うことはなかった。その一本も、或はその一本が殊の外に舌の上に溶けるようでそれをほんの少しずつ飲んでいるうちに外の明るさが増して電燈の光がぼやけて見えて来た。その頃下でもの音がし始めた。勘さんが帽子と外套を取って梯子段を降りる後から付いて行くと玄関

を前の晩は見なかったそこの女中と解るのが掃除していて勘さんを見ると黙って玄関の戸を開けた。我々が靴を履いて出て行くまで何も言わなかったのはこういう時には言うことがないからかも知れなかった。そこの外は前の晩の段段になった店の建物や植え込みに早朝の白い光が差していて余り感じが違うので同じ場所に思えなかった。併し気持がよかった。

「こういう時に何か食べさせてくれる所があるといいんだけどね、」と勘さんが言った。「あの上野の何とかいう揚げ出しの店のように。」併しその辺は夜は賑かでも朝は静り返っていて牛乳や新聞の配達が一層朝になったことを思わせた。そして円タクも通り始めていたからその一台を拾った。

「東京はまだ眠っているんだね、」と車が走り出してから勘さんが言った。「皆が忙しそうにし始めるまでにどの位掛るんだろう。」併しその頃の東京は皆が起きてからも今の日曜日のようだったことは前に書いた。本郷の電車通りに差し掛ると豆腐屋の喇叭が聞えて鶏が鳴いているのもその頃は珍しく思うことでなかった。併しこれも朝になったことを体に知らせるものである。もう早朝の割り引きで六銭だったか往復十銭だったかの電車も走っていた。その前夜のような一晩を過して何故朝になっても眠くなかったのかは今になっては解らない。やはりそれだけ若かったのだろうか。寧ろ朝の気分が清新でどこかで眠気を感じているのがそのうちに昼寝でもすればと思う程度に止っていた。或は東京の空気もよかったのかも知れない。兎に角朝になれば間違いなく朝の感じがして朝の音も聞き馴れたものが響き、その真似が出来る位だった。そしてそのことで又時代というようなことを言うことはない。その頃と今では朝の感じに多少の違いがあるだけで時代はそのことと関係がない。もし東京の空気が再び綺麗になるようなことがあったらそれは時代に逆行することであるのか。尤もこれはその朝勘さんと本郷に向って行きながら車の中で考えたことではない。

序《つい》でに書いて置くとその車の中は寒かった。いつ頃から車に冷暖房の装置が付いたのかは調べて見なければ解らないが冷房が戦後であるのは確かなことのようで暖房の方は戦前からあってもその装置がしてあるのは役所などの大きな車に限られていた。それで円タクには勿論そういうものがなくて運転手はエンジンの前に席があるからいいようなものの客はその点は外の町を歩いているのと余り変りがなかった。併しそれでこういう朝帰りの車の中での寒さが冬の朝の気分を助けたということもある。それは雀の鳴き声や地面に降りている霜と同じでそうした外から締め出されていない車の中にも朝があった。従ってそれはそのまま熱い番茶だとか味噌汁だとかトーストだとかに繋った。又これを更に延長すればおでんに焼き芋に火鉢に起った炭火があり、この寒さがあって当時の洋館の温水暖房も炉に燃え盛る薪の火もそれはそれなりに冬を感じさせた。そういうことになればメリヤスのシャツというものが着られるのも冬だからこそだった。この冬という事実とそれに対する感覚があれば手軽に山登りに出掛けて行って遭難したりしない。

車から降りる前に五円札を一枚出して、これと言って勘さんの上衣のポケットに押し込んだ。それまでの一晩がそれ程しないことは解っていたが待合に行く前にも勘さんの御馳走になっていて勘さんが頷いただけだったのはこっちがしたことが当然のことだからだった。勘さんと路次の入り口で別れてこっちの家の前まで来るとおしま婆さんが襷掛《たすきが》けで姉さん被りをして門の所を掃いていてこっちが来たのを見ると箒を手に持ったまま、「お眠いでしょう、」と言ったのが何故か思い掛けなくてただそれだけのことで嬉しかった。

二

一緒に梯子酒をやった晩に勘さんに会ったおでん屋にはそれからも時々行っているうちに春になった。昔の東京の電車道に埃が立ってガラス戸ががたがた揺れる春である。そういう或る日の午後おでん屋で飲んでいると戸を開けて入って来たものがあったので何となく勘さんのような気がして顔を上げると勘さんではなくて帝大の学生だった。そこの店には色々な客が来て学生も珍しくなかったが、その時は他に客がいなくて初めに勘さんかと思ったせいもあったのかいつになく話相手にという気になっていると学生の方で注いだばかりの盃を取り上げもしないで両肘を机に突いて話し掛けて来た。

「春は慌しくていやですね、」とこっちを向いて言ったのである。そのせかせかした口調は神経質な子供が大人の言葉を使っている感じだった。

「それで酒ですか、」とこっちも調子を合せた。必ずしも生温い風が吹く春を慌しいと思っていた訳ではなくて店の土間が冷えるのがまだ冬の寒さが残っているようで気持がよかった。併《しか》し学生というのもこの頃のとは大分違った感じのもので少しそのことに就《つい》ても書いて置かなければならない。第一に年が違って小学校が六年なのは今日と同じでもそれから中学が五年、高等学校が三年あって大学に入るのだったからそれが今ならば大学を出る年頃でおでん屋の机の向う側にいる学生が子供っぽい感じがしたと言っても今のと比べれば大人だった。それからその頃のは大概は制服制帽で巡査の制服や兵隊の軍服と変らずどこででも見掛けられたから目立たなかった。

「本を読む気がしなくて困るんです、」と学生が又言った。こっちはその襟に付いているLの文字が文科を指すものならば法科はどの字を使うのだろうとどうでもいいようなことを考えていた。そんな所で昼間から飲んでいるということも手伝ってのことか何故かその学生は文学部にいる感じだった。序《つい》でながらこっちは大学に行ったことがなくて別にそれが気にもならなかったのは勘さんと同じだった。その頃のように大学に行くものが実際に少ければ大学生もただそういうものとして見ることになる。併し或る一つの学問を勉強するのに若いうちの三年も四年も費しているそうした若いものというのはその意味では興味があってどんなことを考えているのか会って話でもしたらばとはその前から思っていたかも知れない。例えば寝ても覚めてもルソーの民約論という風な状態にある人間がもしいるとしたならばその人間がどういう具合に寝たり覚めたりするのかというのは好奇心を唆ることだった。

「本を読むのが仕事だったらば随分読めるんじゃないですかね、」と恐らくはとんちんかんなことをこっちは言った。

「その本を皆読んでしまったって言った人間もいるんですよ、」と学生が言って訝しそうに向うの壁を見た。「そんなことが出来るんですかね。或る本を読めばその本に就て又別な本を読まなければならないでしょう。それで更に又別な本を読むことになる。例えばプルーストの時間の観念を摑むにはベルグソンの哲学を知る必要があってそうするとその哲学が十九世紀の、――」とそこまで言ってそういうことにこっちが縁がない人間でもあり得ることに気付いた様子で学生が黙った。「併しプルーストはただ読むだけでも結構楽めるでしょう、」とこっちは相手を庇《かば》う立場に置かれた。「それともそれじゃ試験が通れないことになるんですか。」「その方はどうにでもなるんです、」とそれが問題ではないという風に学生が言った。「併しあの本の数はどうするんです。そして又誰かが読んで置いた方がいい本を書く。それを皆読んだというのはそうすると、」と学生がこっちを見たのできっかけが一つ出来てこっちは、

「そうなんですよ、」と言った。「それは出来ないことだけれど本というのは要するに皆同じようなものでしょう、そうお思いになりませんか。それだから皆読まなくても本の世界というのが又あれかということになる。そこをマラルメもラフォルグも言っているのならば、それがJ'ai lu tous les livres で encore des livres ならば、——」いつも飲むと滑かになる舌に外国語が久し振りに聞くものに響いた。併し可哀そうに、その為に学生にはこっちが教養がある人間に思われたらしくてその反応が滑稽というのか唐突というのか兎《と》に角《かく》こっちが予期していなかったものだった。その学生がいきなり上衣のどのポケットからか名刺を出して、

「私はこういうものです、」と言って渡してくれたのである。その頃の学生、或《あるい》は帝大の

学生に自分が属している学校と学部と何年生というようなことを肩書の代りに名刺に刷らせて持って歩く習慣があったのかどうかは解らない。何かいじらしい感じで、そうすると落第しない限り名刺を毎年刷り直させるのかと余計なことまで考えたが名刺に書いてあることで学生が古木君という名前であることを知ったのは重宝だった。古木君は続けて、それもかなり唐突に、

「外国にいらしたことがあるんですか、」と言った。もし自国を中心に考えるならばフランスもドイツも外国である。それならばいつのことだったか養殖真珠か何かの用事でオーストラリアまで行ったことがあったのも外国に行ったことになるのか。まだ古木君に会った頃は洋行帰りという言葉から箔が全く剝げ落ちてはいなかったのかも知れない。こっちは、

「もう大分前のことでね、」とそういう時の決り文句を言った。

「一度行って見たいなあ、」と古木君が言った。古木君には世界中の本を読むことの他にもう一つこの外国の問題があることがその言い方で解ってその頃は神戸からマルセーユまで郵船会社の船で四十日が相場だったから外国は確かに遠かった。

「どんな所なのかということなんですよ、」と古木君の悩みが続いた。「プルーストを読んでいたってバルベックだとかメゼグリーズだとか、それから勿論パリの町だとかが始終出

て来てすっかりお馴染みになった積りでいてもそれが実際に、その実際になんですよ。」「そうね。」プルーストの「失われた時を求めて」がこっちの記憶にも戻って来た。「あれはどの辺だったか、どこか真中辺にオデットがスワンと馬車でボアに出掛ける所があるでしょう、それをやはり馬でボアに運動に行く当時の貴族達が見付けてオデットに向って皆帽子を取って挨拶する。そのボアも実際に今でもある場所なんですよ。併しこういうことも考えられる、」とそこで古木君を慰める文句を一つ見付けた。「そのオデット達が行ったのは十九世紀の終りにパリのボアだったものです。そこへ今行っても同じ場所と言えるかどうか。その時と今じゃ服装だって違うでしょう。」「大きな鍔《つば》に剝製の極楽鳥が一羽載っているような帽子ですか。」古木君は本は読めなくても文献には詳しいようだった。「そう、男は喉を切られちまいそうに固くて高いカラをしてね。尤《もっと》もこっちだってそれを見た訳じゃない。」確かに一八九〇年代と一九三〇年代では何かと事情が違っていた。それに古木君でなくてもフランスと日本が同じでないことは解った。或はそうでなくてそれ程違ってもいなかったのだろうか。古木君とその店にいて自然に銀座というものを考えることになった。勿論その頃の銀座である。それが本郷だと先ず大学の佇《たたずま》いが恐らくは明治の頃と大して変ってはいなくて本郷の電車通りは大正の頃のままである筈だった。或は東京全体が大震災の後に出来た東京というもので今になって思い出せば世界で最も美しい町の一つだったのでもフランスだとかプルーストだとかマルセーユまで四十日、シベリア鉄道で行っても二週間は掛るというようなことになれば銀座だけに東京の他の場所と何か別なものがある感じがした。つまり、そこの本郷のおでん屋ではプルーストその他が古木君が言っている通りに外国のことになる危険があった。

「これから銀座に行って紀伊国屋にどんな本が来ているか覗いて来ましょうか、」とそれでこっちは言った。「そうすると本を読む気が起るかも知れない。」古木君の顔にそれを聞いて浮んだ表情でその頃は銀座が東京に住んでいるものにとって一種の外国だったことを思い出す。或はまだ当時の東京のどこにでもあった訳ではない外国と区別するということを始終していなくてもよくなった日本でそこに集るものもその積りでいるのが感じられた。尤も集ると言っても銀座もその頃は大晦日とか慶応が早稲田に野球で勝った晩とかでない限り人が集る場所ではなくて道の両側に店が並び、その前を人が行ったり来たりする程度の人通りだった。ただその店とその並び方がどこということはなしに他所と違っていて、それに就ては東京で最初に銀座に煉瓦作りの店が出来てやはり最初に銀座の道が鋪装された時にそれがロンドンやパリ並の本式の木煉瓦鋪装路だったことが多少の参考になるかも知れない。

銀座と言えばその頃の円タクにも先ず断られなかった。それが数寄屋橋という橋が本当にあってその下を掘り割りの水が流れていて三原橋も橋であり、その下を流れる水と数寄屋橋の下を流れるのを別な掘り割りが縦に繋いでいる銀座だったのだから今と昔とどっちを本当と考えたものか解らない気がする。今の方が幻ではないにしても嘘だということはある。その頃は東京の下町がどこもそうして川か掘り割りで区切られていて空から見れば道路よりも縦横に流れる水が網の目を張り廻らせていて東京は世界でも橋が多い町だった。そういう町だったからかどうなのか兎に角銀座も賑かなのよりも明るくて静かな町で人にぶつからずにゆっくり鋪道が歩いて行けた。それだから店の窓の前に立ち止ってそこに出ているものを眺めることも出来た。併し紀伊国屋は本屋だったからこれは今の東京で普通に寄って見る本屋の作りと同じで通りに向って開け放された敷き地に幾つも置かれた台に本が並べてあった。

ただ一番目に付く所の台に出ているのがフランスの新刊書でそれが発行された日付けからたっている日数が日本の新刊書と殆ど変りがなかった。恐らく発行されると同時にシベリア便で東京に送られて来たものだったのに違いない。それがフランスの本だったのはこれを読むものが多かったからで何故そうだったかを説明しようとすれば所謂《いわゆる》、文学の話になる。要するにジードでもコクトーでもと紀伊国屋の店先に本が並んでいた作者の名を思い出すだけでもフランスよりも当時の銀座が戻って来る。そのコクトーでもエティアンブルでもの新刊書から眼を上げて服部時計店の天辺にある時計を見てもただ本屋の店先を冷やかしている感じしかしなかった。これはフランス語の本が当時はドイツ語や英語のと違って立身出世と縁がないものだったからそれが読みたいものだけに争って買われてそれで本らしい本の役目を果していたということかも知れない。それが古木君が仏文科だったことに就てもう少し書くきっかけにもなる。

その頃はフランス語で書いたものの研究をやる学校が東京と京都の両帝国大学以外に殆どなかった。これはそこを卒業してもフランス語の先生に就職出来る所がなかったということで日本での外国語と外国語で書いたものの研究の言わば商業上の価値は少くとも大正以後はそれを学校で教える機会の有無で決ってそれが今日に及んでいるかどうかはそこまでは知らない。兎に角それだから古木君が学校を出てもフランスの会社の小使にでもなる他に行く所がなかったということはフランス語で書いたものを読むのが好きでこれを専攻していたことで当時も就職が目的で大学に行ったりするのに陸《ろく》な人間はいなかったがもともと大学に行くものが今日の半分もいなかったということからしてもその頃はそういう陸でなしが今よりも少かったことは確かである。それで大学生は学徒だった。併しそういうことになれば勘さんも別に生活する為に自転車屋をやっているとは思ってはいなくてその頃の東京にはそうした風通しのよさがあった。

それで古木君と二人で紀伊国屋の店先に立ってそこに並んでいる本を暫《しばら》く見ていた。古木君はクレミユーの本を一冊買おうと思った様子で取り上げてまだ切ってなくて開けて見られる所だけ拾い読みするのに時間を掛けた。こっちもまだ紙鋏を入れてないフランスの新刊書、或は要するにどこのでも店先に並んでいる新刊書というものに一応の昔懐しさに似た魅力は感じてもその一冊に手を出す前に実は又本かの気分になるのを免れなかった。ただそこの本を並べた台が多彩だったのは覚えている。これはフランスの本に就てだけ言っているのでなくて日本で当時読むに価するような本を作って出すのはその点はフランスと違って少しも割りがいい商売ではなかったからやはりこれもそういうことをするのが好きな人間が多分に力を入れてやることで、それだけに造本もしっかりしていて眼を楽ませた。三才社とか野田書房とか創元社とかいう出版社の本がそうだった。

古木君がクレミユーを買うのを断念した様子で本をもとの場所に戻したので二人で又ぶらぶらそこから歩き出した。幸に風が止んで辺りは外套なしで歩けるのがまだ体を軽く感じさせる東京の春の町だった。或は銀座だった。紀伊国屋の裏に当る路次を幾筋か通り過ぎた先が何《いず》れは三原橋の下まで行く当時の確か三十間堀でその岸に沿って三原橋の方に戻る途中にこっちが時々寄る喫茶店があった。こういう喫茶店というのもその頃出来たのではないかと思われるのはその言葉が耳新しかったのを覚えているからである。又そういう喫茶店が紅茶の味も匂いもする紅茶を出した。そしてそれが当り前なことだったからその日も古木君に紅茶らしい紅茶が御馳走したくてその水際の店に引っ張って行ったのではなかった。ただそこの作りが幾分凝っていて二階建ての洋風の田舎家という感じなのがこれはその頃も珍しくてそれで銀座でまだ飲み出すには早過ぎる時間にそこで暇を潰すことが前にもあったということになりそうである。

尤もそれ程珍しかっただろうか。ラスキン文庫というものがあったのもその頃である。これは店の構えもそこで出すものも本式に凝っていてよくこのラスキン文庫のような店がしまいに潰れるまで続いたものだと思う。そこの家具も時代ものでなければ特別に注文して作らせたものらしくてそこの方々に置いてある舶来品と解る瀬戸物や何かは欲しいものがあれば買って行けるようによく見ると値段が目立たない所に付いていた。又その調子のもので紅茶やコーヒーが出て来るのである。そこの主人がどういう積りでそのような店をやっていたのか今から推測しても無駄なことであるが、その店がある間はそう騒がれもしなかったことからすれば何かを本式にやるというのが一般に当り前なことになっていたのかも知れない。考えて見れば例えばそういう所の隣の鮨屋も向いの小間物屋も本ものばかりだったのであるからいい加減なことをするのを避けるのが常識になっていたということは充分にあり得る。

古木君と入った店はそのラスキン文庫程でなくてもこけ威《おど》しでないのが親める所までは西洋の田舎家の感じを出していた。丁度いつもその店で選ぶ二階から水を見降す席が空いていたのでそこへ落ち着くと、

「いい店ですね、」と古木君が言った。それがまだ来たことがないので珍しいのであることがその言い方で解った。そこの方が本郷のおでん屋よりも古木君の気晴しに或る意味で向いているかも知れなかった。古木君が恐らくは長時間を過す帝大の仏文研究室のような所がどんな風かこっちは想像に頼る他なくてもそこが帝大の外にあるおでん屋と何かの点で繋り、どういう具合にか或る一つの例えば東京の町というものをなしていることで同じであるとは言えるような気がした。その頃の東京というのがそういう町だったからである。そこで東京の一部をなしている外国は明治の時代に入って来たもので確かに東京の町と一つになり、それが例えば帝国ホテルや帝大や隅田川に掛った鉄橋で従って帝大の文科での外国というものも明治、大正とたって行くうちに東京の一隅にあるこの学校で他のこの学校に属するものと見分けが付かない形をして来てそれが高等学校の先生になったり字引きを作ることだったりした。或はそういうことに彩られていた。

それで銀座とフランスの本と古木君の関係が改めて成立する。銀座も東京の一部であっ

てもそこでは外国が東京に属しているのでなくて銀座では外国が外国であっても可笑《おか》しくない観があった。それで紀伊国屋ではフランスの新刊書を日本のと区別する気が起らなくて道を越した向うのパリのカフェをそっくり東京に移したような店では生ビールのジョッキを載せて来る受け皿にbockという文字とその値段が書いてあるのが異国風でなくてただ洒落た趣向だった。もし外国に行ってそこを異国風と感じたならばそれは外国に行ったことにならない。併しこの他にもう一つ所謂、文学の問題がある。この文学という言葉がいつ頃から使われ始めたのか知らないが、それが何かの意味を持っていたのは丁度その春になると東京に埃が立つ間だった。その前にも文学という言葉はあった。併し文学が言葉の別名であることが改めて認められてこの別名が言葉というものに就て用いられていたのが埃っぽい時代の東京でなのである。

その意味での文学に惹かれるということをフランス語で書いたものと首っ引きで日を送っていた古木君がしていたことになる。そのもの自体、フランス語の文章というもの自体から得られるもの以外にそういうことをしてどういう得にもならないことが当時は少くとも事実だったからでそれで言葉が外国と結び付いたのは外国のものを改めて読み直すことで言葉が日本でその正体を取り戻した為と考える他ない。これはことのなり行きでそうなったので、それだから紀伊国屋でフランスの新刊書を漁るのが何かに浸ることであるのがフランスになのか外国というものになのか、或は言葉の世界というものになのかはその境界線がぼやけていてそれがどこも間違ってはいなかった。これは或る新鮮なものということになるかも知れない。併しそれならばなお更あの喫茶店の裏を流れているのが江戸時代からある掘り割りであることは大事だったのでその頃の東京は既に銀座を芽生えさせるだけの伝統を江戸から受け継いだ町だった。

併し差し当り今はその店に着いて古木君と何を注文するか飲食物の表を見ている所である。そこに出ているものも古木君には珍しかったようで、そう言えばその店のウイスキーを入れた紅茶だとかコニャックを入れたコーヒーだとかいうものはその後も聞いたことがない。その他に今でも覚えているのはそこの菓子に胡桃ゆべしというのがあったことで戦後に一度その実物を見たことがあったが遂に食べる所まで行かなかった。その時も我々が頼んだのはウイスキー入りの紅茶だった。それが奈良の赤膚《あかはだ》焼きの紅茶茶碗で出て来て古木君はその辺から珍しがるのを止めて、

「こういう所ならば本が読める、」と言った。

「そして原稿も書けるでしょう、」とこっちはどうせ相手が何れはそうする積りでいるのだろうと思って言った。それからその所謂、文学の話になった。今になるとどうも文学という言葉を使うのが何かむず痒い感じがするが、これはその頃の話でプルーストの小説や

ジードの批評が文学だった。それは洒落たものでもなければ金儲けをする早道でもなくて、もう一つ大事なのは既にその頃この文学が血を吐く思いで日記擬《まが》いのものを原稿用紙というものに書くことでもなくなっていたからウイスキー入りの紅茶を飲みながらでもその話が出来た。そこの窓から掘り割りを越して見える向う岸は土蔵の修繕をする費用が出せない為か土蔵の形をしたものを海鼠板《なまこいた》で蔽《おお》った倉庫だった。それを見ていて何故そういう話をするのが意味があることになるのか解らなかったが古木君はそうであるらしくてこっちは昔考えたことのお浚《さら》いをしているのか、それとも時々頭に浮んだことを又思い出しているのかやはり古木君が言っていることに退屈する代りに引き込まれた。

「解るだけじゃ足りないんじゃないでしょうか、」と古木君が言った。これはその文学を前に出た外国の話に引っ掛けてのことだった。それが外国というものの定義であるような気がこっちはした。誰でも外国語の文法を習って字引きを引くことは出来るが海で距てられた所が自分がいる所と地続きになるのでなければ、それをもっと具体的に言えば自分の頭に銀座のような所が生じるのでなければ外国という言葉からその或る特殊な響がいつまでたっても消えないでいる。併しそれならばどうしても外国に行ってそこを外国でなくす他ないのだろうか。

「その解るというのがただその所謂、解るということだけじゃないんじゃないでしょうかね、」とこっちは折衷説を試みた。「例えば肉体と本と鳥と重吹《しぶき》と波と古い庭という言葉の意味とその結び付き方が解ってもそれだけじゃ何も見えやしないでしょう。それが見えて来れば西洋の海で庭も西洋のですよ。」

「西洋の海と日本の海は違うんですか、」と古木君が言ってこっちの説がぶち壊しになった。併しそれはこっちの言い方が足りなかった為かも知れなかった。

「兎に角その庭が石燈籠があったり松の木がくねったりしている日本の庭とはあの詩じゃどうしても思えないでしょう、」とそれで又出直した。「そこに何か別なものがあってそれを感じた時にもうそこに外国が見えているとも言える。そしてそのうちに西洋の庭の観念が他の本を読んだりしてもっとはっきりして来れば詩人が言った誰かの眼に映っている古い庭というのもそういう庭だったと納得する。それだから日本の海と西洋の海が違っていることも解る。」

「そうではあってもやはり自分で行って見て来た方が早いんじゃないですか。」古木君がそう言っている向うが海鼠板の倉庫でそれを見ていてそれが日本なのか外国なのかとこっちは思った。どこだろうと自分がいる場所というものに変りはなくてただその場所をなしている条件の組み合せでそこが自分の国とか外国とかの区別が付く。ただそれだけのことではないか。併しそれはその幾つもある条件の性質を知っての上でのことでという所まで来てこっちも遠い昔に見た外国が思い出せはしてもそれで現にそこにいることにならないという単純な事情の為に凡《およ》そ強烈に記憶の底から浮び上ったのに驚いた。それと古木君が一度は外国に行きたいと言ったのとどう違うのか解らなくて古木君が言ったことが詩人の言葉になった。その重吹と波の間を行く鳥が酔っているのを自分は感じると書いた詩人がそれを感じていない訳がなかった。Perdu sans mâts, sans mâts, ni de fertiles îlots... それは難破に命を賭しても自分の眼で確めたかったことかも知れなかった。そこの洋風の田舎家を模した喫茶店の二階で掘り割りの水を眺めながら思う外国はそのように奇妙な性格のものであることが少しもこれを夢幻と見させる働きをしなかった。我々がその時いた所に外国があったと言っていい。

「そうなりますか、」とこっちが答えたのは譲歩だった。併しそれでは話が途切れるので又方向を変えて、「前に京都や奈良の仏像に凝っていた時にね、」とそっちに話を持って行った。「いきなり実物を見るよりも写真で或る程度眼が馴れてからの方がずっとよかったんです。それがこの場合にも通用するならばプルーストでも何でも沢山読んでお置きになってから外国にいらしても遅くはないでしょう、後はただ実物だけという所まで行ってでも。」

「もう見なくてもよくなった時に行くんですか、」と古木君は諦め切れないようだった。

それから気を取り直した様子で、「そうだな、読めばいいんだ、」と言った。「要するに余り近い所にあるもんで手に取って見たくなるということなのかも知れない。」「それが銀座なんですよ、」とこっちは言ったが、これは古木君に解らなかったように感じた。それで気が付いたのは勘さんとは出会うまでの銘々の経験に共通の点が少いので却って無駄なことを考えずに友達になれたのに対して古木君は何か昔の自分、或はその一部が自分でない人間になって眼の前にいるという風で親みを覚えるとともに用心することにもなるということだった。その時よりも更に遠い昔に船が夜マルセーユに着いて港の明りが見え始めた時はとうとうフランスに着いたと思って甲板に立っているうちに熱を出した。古木君も熱を出すだろうか。併しこっちのそうした経験が余り昔のことなのが今の自分と古木君の距りにも改めて気付かせてくれてそうして向き合っていて時間をたたせて行けるだけのゆとりを取り戻した。

「庭前の梧葉なんていうことを貴方は本当に感じることがあるんですか、」とこっちはその無責任な気持で言った。

「年取ってからのことなんて考えられませんね、」と古木君が言った。「だって、それは明日は自分がどういう状態にあるだろうと思うのと同じことでしょう。明日は死んでるかも知れない。ただ確かなのは今の時間だけで今いるのが自分の下宿で前にあるのがティボーデのマラルメ論だったらばそれを読みますよ。」

「それを読む気が起ればね、」とこっちは更にからかう気分になった。

「その今が自分が思う通りにならないのが困るんですね、」と古木君が案外静かに言った。

「年取るとそういうことがなくなるのでしょうか。」

「そこの所だけは努力しなけりゃならないのじゃないだろうか、」とこっちもそれに釣り込まれた形になった。「いや、その為に努力しなくても何か自分を痛め付けていればいいんでしょう。そのうちに頭もこっちが言うことを聞くようになる。」

「併し銀座っていうのは若いんですかね、年取っているんですかね、」と古木君が言った。

「こうして色々と外国のものが入って来ている所は若いようでもあるけれど銀座っていうのは昔からあった地名でしょう。それならばこの町も昔からあった筈だ。」

「日本じゃ外国と若いことが一緒になっていることに今まで気が付かなかった、」とこっちは言った。それは本当で、そういうことになったのは新しいものが外国から来たのでということなのだろうか。それ以外に考えようがなかった。そうすると外国はやはり銀座からも遠いことになりそうだった。併しもし外国から日本では新しいものが入って来てそれがどうかすると若いこととごた混ぜになるのが飛鳥とか白鳳とかいう時代以来のことならば銀座もただ伝統を守っているだけのことで日本は或は外国に出掛けて行く必要が一番な

い国なのではないかということも考えられた。古木君もこっちが暫く黙っていたのからこっちの気持を察したのか、

「銀座が若いのでも年取っているのでもなくて人間が若いのが春は頭が重い原因になるということですか、」と言った。

「まあ、そんな所でしょう。」要するに春になったことを廻って外国だとかマラルメだとか言っていたことを思えば二人とも笑い出さずにいられなかった。「この掘り割りの水だってテームス河に繋っているんですよ。そういうことを銀座は一番思わせる町かも知れない。」とこっちは序でに付け加えた。これは勿論その掘り割りの水があった頃の話である。それが上げ潮なのが解って水は明かに右側から三原橋の方に向って動いていた。そういうことがあるから時間をただたたせることが出来たので、それがどういうことかと言えば水が流れたり日が翳《かげ》ったりするのが見ていられれば動きは日や水に任せて安心していられるということである。その店に古木君とどの位いたか解らない。併し確かなのは古木君がそれまでそういう型の店に来たことがなかったのが感じられることで、これは日や水の動きの他に外国に着いた時と同じで馴れないのが不愉快でない為の一種の好奇心が加っているということだった。そうするとそれまでは銀座に来れば紀伊国屋に行き、それから電車に乗るか歩くかして日本橋の丸善に寄ってそのまま本郷に帰るというようなことをしていた

のかも解らなかった。その頃はそういう学生もいた。

併しいつまでもウイスキー入りの紅茶ばかり飲んでもいられなくて我々はそのうちにそこを出た。それが夜遅くならば別だったが日がまだ照っているうちにそうしてどこかの店を出るのは銀座ではかなり迷いの種になるか、或はそこから直ぐ帰らなければならないのならば何か白けた感じがするものだった。もう少し時間をたたせてその月の番組がよければ歌舞伎座で立ち見も出来て足が向くままに歩いて行くだけで旨いことが解っている鮨屋や小料理屋や洋食屋のどれかの前に来ることにもなって覗けば何か買いたくなるものを出している店は本屋だけでなかった。それが歌舞伎座のような場所は別とすれば銀座四丁目になる尾張町からこれも実際に掘り割りの水が下を流れていた新橋までの狭い所に限られていてそこにそれだけのものがあることを知っているとその僅かな土地が広くなり、銀座一丁目から三丁目までが話にならないことを忘れて銀座八丁が拡っている真中に自分がいる気がしたから要するにそこが去り難かった。

古木君も帰る積りはないらしかった。そしてもし本当に銀座と言えば紀伊国屋に来ているフランスの新刊書であるならばという考えがこっちにあったので今度も黙って又その本屋の方に引き返して表通りに出てから新橋に向って行ってその手前にある今は新築してその頃の俤《おもかげ》がない当時の資生堂に入った。その店のことを書くのはそこを記念してなのか、それともその日そこに古木君と行ったからなのかどっちなのか解らない。更に何故その頃は銀座が資生堂だったのかということも考え出せば面倒な問題でこれは明かに大正時代に出来たこの時代に特有のどこか安ものの感じがする建築様式の建物が七丁目の角の目印になっている店だった。尤も大正の建築でも既に十年はたっていて時代が付いて目障りではなかった。或は見馴れているのでただそこが資生堂だと思うようになっていたのかも知れない。そこを入ると二階に当る所のずっと上が天井でその二階の辺に壁に沿って少し広い廊下のようなものが出来ていてそこにも卓子や椅子が置いてあり、これが正面の壁の所だけは途切れていて前はそこに突き出たやはり手擦りが付いた台に三人の楽隊がいて絶えず何か音楽を奏していたが古木君と行った頃にはそれがもうなくて台だけが残っていた。

それだからこれは要するに天井も高くて大きなただ一つの部屋でその天井の下に並んだ何十かの卓子を客が囲んでいる間を給仕が行き来するという店だった。何故その資生堂が銀座なのか、或は銀座と言うと資生堂が頭に浮んだのかがどうしても片付けなければならない問題になる。そこに来ている客で直ぐ見分けが付くのはその辺から新橋に掛けて住んでいる芸者衆だった。併し新橋と隣合っていても花街の匂いが全くしないのが銀座の特徴の一つだった。そして他の客は仔細に見て行けば男は背広や和服の着方で会社員、役人、何をしているのか解らない所謂、知識人、同じくやくざと凡そ一定していない人間が来ていて女も所謂、奥様、職業婦人、女給さんとこれも男の客と変らなかった。それならばその頃出来た地下鉄の乗客と選ぶ所はない。ただそこに来ている客は銀座の町と同様に雑駁《ざっぱく》であっても静かだった。どうもそうとでも言う他ない。その銀座というのが誰でもが来る所でなくて誰だろうと来たいものしか来なかったことを付け足せばもう少し説明になる。その点では当時は誰でもが外国に行きたいと思っていたのでなくてそれでもそのうちの誰かを行きたくさせる何かがその頃の銀座にあった。

昔を呼び戻すのは難しい。併し兎に角その昔の資生堂にその日は古木君と入って行った。そこの紅茶も紅茶だったが当時の資生堂は酒類を売っていなかった。古木君がその辺を見廻す様子からここも始めてなのを察して確かにこれが銀座も日本橋も本屋、そして飲む時は学校の近くのおでん屋という型の学生だという気がして来ると何かそこに食い違いがあるのを感じないでいられなかった。これが例えば江戸時代の文化、文政、天保と言った頃のことならば昌平黌《しょうへいこう》にでも何にでも通っている学生にそれがしている学問に釣り合う生活があった筈だった。併し帝大の古びた校舎とその辺の下宿とおでん屋で過す時間に頭を行き来するのがプルーストやティボーデならばそれに見合う生活を外国に求める他なくて、それと同時にそのプルーストやティボーデは帝大やその辺の下宿よりも遥かに古い伝統の下に育って学んで生活したのであり、ただその伝統がそれよりも更に古い日本の伝統と違っているだけのことだった。そこには時間しか解決出来ない一種の行き詰りがあるとその時思ったのを覚えている。そんなことからか話が又外国のことになった。それは古木君を羨しがらせる為でなくて一つはそこが銀座だったからでもあり、又古木君が聞きたいと思っているのが解っていることならば聞かせていいではないかという気もあった。こうして昔の船乗りは航海から帰って来て国のものに遠い所の話をして聞かせたに違いない。

「紅海からスエズ運河に入るとね、水が急に青くなって温度も下って涼しくなるんで何かいい気持がするもんです、」とそれでこっちは言った。

「Bleu, clair, profond ainsi que ですか、」と古木君が言った。

「それはその先の地中海、或は紅海の前のインド洋でしょう。ボードレールがどこの海のことを言ったのか知らないけれどスエズ運河の水はただ青くて、それが何日も紅海の濁った水の中を通って来た後は海に戻った感じがするんですよ。そしてヨーロッパを予告してなのか涼しい。それから所どころにその青い水に赤い浮標が浮いていてその向うに白い燈台がある。又もっと向うを見るとアフリカの山が紫掛っている。」

「ジードのアフリカですか。」

「それはどうでしょうかね。ジードに出て来るのは北アフリカ、それからコンゴとかそっちの方でしょう。あのスエズ運河から見えるのはどこの山なのか、アビシニアの高原地帯があすこから見える訳はないと思うけれど。」

「それから地中海ですか、あの葡萄酒の色に変るっていう。」古木君の本の知識に文句はなくて少しこっちもその方に酔って来た。

「あの鼠色の眼をしたアテネが風を送った海ですか。その鼠色が青だっていう説も聞いたけれど、どうせ伝説だからどっちだっていいでしょう。その葡萄酒の色っていうのにも何かと説があるのは御存じの通りで、ただ近東辺の地中海は夕日で本当にそんな色に染るっていうことがあるようです。丁度ホメロスに出て来る戦士達の甲冑が昔の古典学の知識じゃ説明が付かなかった時にミューケナイの発掘でそれが合っていることが解ったのと同じですか。」そしてそれを言っていて気が付いたのは古木君のが本の知識ならばこっちが話していることも本から得た知識で人間が直接に見聞出来ることが結局はその身辺と呼んでいい範囲に限られているのならば本の世界を生活の一部に取り入れるのは世界中の誰もがしてることだということで、それならばなお更古木君が外国に行くことはなかった。併しこっちもその時は何かに酔っていて、

「セーヌ河が洪水になり掛けるとね、」と又言った。「あの河を荷足り船を引っ張って通る小蒸気が煙突を倒してもパリの橋の下が潜れなくなるんです。」どうにでもして資生堂に外国を現れさせたかった。「パリっていうのは汚い町なんです、」とそれで又言った。「そ

の汚い所に独特なものがあって、これはどこの町だって由緒があるのはそうだけれどその汚さが結局は歴史の染みなんです。これは拭き取ることが出来ないでしょう、だから汚いんです。それだから春になって栗の並木が緑になるとこんな緑があるだろうかと思う。」「それならば東京だって汚いじゃないですか、」と古木君が言った。「その通り。」古木君にあるのは本の知識だけでなかった。これは東京が空襲で焼ける大分前の話である。「ただその点じゃ東京ってのはまだ新しい町でしょう。ここが出来てからまだ三百年位しかたっていない。そこへ行くとパリはローマ人の町になってからでも二千年の歴史がある。だからパリは京都よりも古いんだ。」「そしてその同じパリに今でもフランス学士院があるっていうことなんですね、」と古木君が言って話が又もとの所に戻って来た。「フランス革命はあっても明治維新はなかった。ユーゴーは中世紀のノートル・ダムのことを現にそのノートル・ダムを眼の前に見て書いたんでしょう。そこなんですよ、そういうことがどんな気がするものか一度行って見て来たいのは。その同じセーヌ河をカトリーヌ・ド・メディシスもヴェルレーヌも見ている。クール・ラ・レーヌだとかテュイルリーだとかいう名前が今でも残っているんでしょう。」「プラス・ド・グレーヴなんていうのもね。」併しその調子で話を続けていれば切りがなかった。「パリの他にロンドンも二千年はたってますね。そういうのは今じゃ世界でこの二つだけだろうか、ローマなんていうのはもう名前だけのことならば。日本は昔は遷都ばかりしていた。京都だっていつ始ったかはっきり言える訳でしょう。併しどうでしょうか、日本の歴史そのものは二千年どころじゃないでしょう。それは歴史学者に聞かなくても、或はこれは聞かない方がいいのか、兎に角万葉の詩の伝統が出来るまでにどの位掛ったか考えれば解る。それで千年と古い町が少い国にいてどんな気がするものか一度見に来たいと思う外国の人間だっているんじゃないでしょうか。」

「併し日本語は難しいから、」と古木君が言ったのも気に入った。それが解らなくて外国語の勉強をした所で意味がない。古木君がそういう頭の持主ならばもっと話が出来ると思って、

「冬になると東京がパリのようになるんですよ、」と言って見た。

「何故ですか、」と古木君が聞いた。

「靄《もや》が掛るから。」その頃の東京は春になると埃が立つように冬は靄が掛って町の明りがぼやけて見えた。併しそれに対して古木君が、

「そうかも知れないけれど、そんな風に日本の方々に外国を見た積りでいるのはいやですね、宮沢賢治が茨城かどこかでやったように、」と言ったのには、要するにそれにもこっちは賛成だった。

「やはり銀座は銀座であるだけでいいですか。」

「ここもいい店ですね、」と古木君が言った。「こんな所があるのを知らなかった。」

その時のことを思い出していると資生堂というもの全体が記憶に戻って来る。例えばその窓が凡《すべ》て細目の長方形だったことや左右の入り口に挟まれて勘定をする所があってそこと反対側の店の奥、前は楽隊が演奏していた台の下に注文に従って飲みものその他を作るものがいる囲いがあったことまでであるが、そこの給仕が皆白の上衣に黒いズボンの制服だったことや卓子に掛けてある卓子掛けがいつも真白でそれでいてそこが帝国ホテルというような他所行きの感じがしなかったことがこの店の特色というものだったかも知れない。それだからそこは暇を潰すことも出来ればアイスクリームを食べに入って直ぐに出て行くのにも都合がいい店だった。それは或る種の洗練ということになるだろうか。そしてもし洗練を分類することが出来るのならばその洗練は日本のものだった。又この洗練を更に一歩進めたのが帝国ホテルではなくて今はみゆき通りと呼ばれている横丁にあった風月の本店の食堂だった。併しその日は我々がそういう所に行く理由がなかった。

「何だか外国と日本がごっちゃになった気がする、」と暫くして古木君が言った。

「それを区別したのは我々の父祖達でしょう、」とこっちは言った。「かの長を取りとか何とかいうことで。併し西園寺さんがパリでそんなことを考えていたんですかね、自分は今異国にいるなんていうことを。そういうことを始めたのはもっと後の、」とまで言って古木君が永井荷風の愛読者かも知れないことに気が付いて先が続けられなくなった。それでそこの所を変えて、「外国に行きでも何でもして外国のことを身に付ければ外国も日本もなくなる、」と言った。「それを大正になって㦮《なま》けたから日本はまだまだというような言い方が出来た。併し例えばここはまだまだじゃなくてただ日本であってパリに行けばそこがパリなのと同じなんです。」

「そのパリが見たいんです、」と古木君が言った。それは確かにただそれだけのことなのだということが解ってそれで、

「貴方が行って何年かして帰っていらして又ここのこの卓子で時をお過しになるっていうようなことになったらどうでしょうね、」と言った。「何も変っていなくてただ貴方がもう今の貴方じゃないっていうことになりますか。」

「人間ってそう変るものじゃないでしょう、」と古木君が言った。「ただ思いを遂げたっていうだけの違いじゃないでしょうか。」

思いを遂げる。それはヨーロッパが昔知っていた女の姿をして現れることだった。Tell me not, it needs no saying というのは誰が言った言葉だったのか。その町では十五分置きに、それは聞いている方の感じでは絶えず教会の鐘が時を告げていて教会は幾つもあった

から除夜の鐘と全く違った音階の音が除夜の鐘の効果で朝は朝、夜は夜の感じを裏打ちして響いた。何故同じ石畳みの道でも場所によって全く違ったものに眼に映るのか。日本のは多くは石を板に削ったのを敷き詰めたもので秩序の印象がそれで引き立てられるのに対してヨーロッパのは丸石を並べたのが固めてあってどこか薄汚いというのか、そこに血も葡萄酒も流れることを想像させてそれが物質であることでその上を歩くものに迫って来た。ヨーロッパは石で出来ていてそれを和げるものが植物の緑と水の流れでしかないのがその石も緑も掛け替えないものに見せた。又それは見せるだけでなくてそうであることを実物を示して教えてくれてその石と緑と水に取り巻かれて人間がいた。その中にあって声を発するのは人間だけでそれ故にその声が教会の鐘以上に異様に懐しく響き、それが伝える言葉にはその一音節毎に重みがあった。誰が日本で愛するというようなことが言えるだろうか。そこでは別な秩序の下に別な言葉がその役目を果した。併しリーニュ公が自分の一生で最上の時として最初に戦場で砲火にさらされた時と最初に女に自分を愛していると言われた時の二つを挙げたことはヨーロッパでならば意味があった。こういうことは野蛮なのだろうか。それが野蛮なのは違った伝統からすればそうした洗練が凡ての洗練のもとに必ずある野蛮を思わせるからだった。

併しプルーストに教えられなくても過去というのは偶《たま》にその姿を現すことがあっても過

去である限り待つまでもなく消えて時間がたてばたつ程それが戻って来ることが稀になる。資生堂の卓子の一つに向っていてコローの絵が実際にあるものを写したのだというようなことをいつまでも考えているのは無理だったからこっちは恐らく古木君にこっちが黙り込んだと思う暇を与えずに、

「その遂げたというのは旨い言い方ですね、」と答えた。「そうなれば外国も女のようなものだろうから。」

「併し後で忘れちまう訳でもないでしょう、」と古木君が念を押した。

「別に女のことだって忘れるに決っちゃいないでしょう。それに外国の方が女よりも、或は女とのことが簡単にすんだのならばその女よりも複雑な性質のものだろうから。」

もう店の電気が付いていた。三十間堀の所の喫茶店でウイスキー入りの紅茶を飲み過ぎたせいかこっちは何か食べるという気にまだなっていなかったが古木君の方は解らなかった。それで改めて気が付いたのは資生堂というのは一応その作り通りに洋風の喫茶店と食堂を兼ねたもので気軽に入って又出て行けたが、それからどうするかということになると外は幾ら銀座でもやはり日本だということだった。その日本に喫茶店のようなものが出来たのは最近のことでそこを出ると公園で楽隊が演奏しているとか劇場に出しものを広告する豆電気の列が輝き、そこに入る前に寄って行ける粋な西洋料理があるとか、そういうこ

とをするのでなくてもそれが出来ることが或る種の空気、或は生活の型を作り出しているということがなかった。そこまで銀座が外国になっていたのではなかったのである。資生堂でも一品料理だとか定食だとかのことが献立てに書いてあってもそういうものでそこで食事をするのは外に出てからのことを少しばかり先に延ばすことに過ぎなかった。

そこを出て銀座に幾らでもあった旨いものを食べさせる店の一軒に行くことも出来たが、そうなると古木君が普通はどういう生活をしているのか解らなかった。日本は階級でなくて身分の国である。そしてその身分は寧《むし》ろ人間一人一人の生活の仕方であってそれを知らなくて自分勝手に何かするのは他人の生活を乱すことにもなる。こっちが一人だったのならば先ず間違いなくどこか又水が見える所に腰を落ち着けて改めて飲み出したのだろうが古木君が一緒だった。兎に角そこを出れば宵の銀座というものを或る所までは楽んで行ける訳で次にどこに行くかは歩きながらでも決るものだということをその時になって思い出した。それに越したことはないようだった。もう夜店も出ている筈で尾張町の角の近くには古木君も知らないのではないかと思われる古本屋の夜店があった。その店のことを思うとそこを古木君が知っているのかどうか急に確めたくなって古木君に、

「もう一軒この辺に本屋があるんですよ。そこを御覧に入れましょう、もしもう御存じでなければ、」と言って立ち上った。

その凡そ小さな古本屋は日本の本しかなくても神田のもっと大きな店でも掘り出しものと見られるものばかり置いているのが特色だった。この晩出ていたのがどういう本だったか、その中に芥川龍之介の「羅生門」の初版と一冊になった珍しい造本の梶井基次郎全集があったのを覚えている。日夏耿之介の「黒衣聖母」もあった。古木君がそこも始めてなのは熱心に棚を見ている様子で解ってそのうちに、

「これは、」と言ってその一段から引き出したのが金子光晴の「こがね蟲」だった。確かに掘り出しものでその箱はなくなっている詩集の海老茶色の表紙に金で活字を押したのを見ていて思ったのはそれが前にこっちが持っていて売ったのが廻り廻ってこの店の棚に納っていたのではないかということだった。併し古木君は如何にも満足そうでこっちもそれまで二人でどういうことをしていたのかが凡て頭から消えて古木君を銀座へ連れ出してよかったという気になった。

「随分探していたんですよ、」と本を買って又歩き出してから古木君が言った。

「前に持っていらしたんですか、」とこっちは聞いて見た。

「ええ、それを売ってそれからもうどこにもなくて、」と古木君が言ったのでこっちもそうであることを話すこともなくなった。その頃の本というのは読むもので投資の対象に買い込むものではなかった。それで古本屋にいい本が置いてあってそれを漁って歩くのが一

つの楽みだった。それは古本屋に入ると何か多彩な感じがしたということでもあって本屋の方でも珍しい本を集めて棚に並べるのを誇りにしていたからそうした本が何段にもなって本屋の眼が届く帳場の近くの本棚を埋めているのはどうかすると壮観でさえあった。一体に本にはその匂いというものがあって本が選りすぐられたものであるに従って本の匂いがそこに漂う。その中から一冊を手に入れるのはその匂いを持って帰るようなものだった。古木君が満足していることが解ってその後は電車に乗って夜の町の中を又もとの本郷のおでん屋に戻るのが自然のなり行きに思われた。こっちは古木君が本を買ったことばかり考えていたが古木君は銀座で話したことがまだ頭にあったらしくておでん屋の戸を開けるなり、

「私達はヨーロッパまで行って来たんですよ、」と鍋の前の主人に言った。

「それは、それは、」と古木君が言ったことを聞き流す口調で顔も上げずに主人が答えた。

三

それから多少こっちが忙しくなったことの起りは勘さんが自転車のブレーキの一種を考案するのに成功したことにあった。こっちも中古の自転車を新品に変える位のことをする

程度には自転車というものと一時は付き合った経験がありはしてもそこまでの話なので勘さんが考案したブレーキが詳しくはどういう性質のものか呑み込めなかったのは今も変りはない。併《しか》し大ざっぱに言うと自転車のブレーキにはハンドルに付けた取っ手を動かして何かの形で車輪に圧力を加えることで自転車を止める普通の型とペダルを逆に踏むことでチェンを通して後輪の軸を動かなくさせる所謂コースター・ブレーキの二種類がある。それでコースター・ブレーキならば足だけで自転車が止められて更に後輪の軸に直接に働き掛けるのであるから一層安全であるとも見られるがそれが車輪が直ぐに止る為に乗ってい て惰性で前に投げ出されそうになるのが不愉快に感じられるという欠点がある。

それを除くのに勘さんが後輪の軸の装置にどういう工夫をしたのか設計図を見せて貰っても簡単にここで説明出来る程何もかもよく解った訳ではなかったが確かなのは勘さんのコースター・ブレーキでは軸に漸次に圧力を加えて自転車がゆっくり止められることだった。又その装置をした自転車に乗ってそれを験しもして、それにこの型だと前輪と後輪の両方にブレーキを掛ける装置が不必要になって見た眼にも自転車がすっきりした。そういうことを勘さんの店でやってそれからいつものおでん屋に行って話が弾むのだったが、それでこの新式のブレーキをどうするかという問題が次に生じた。勘さんは同業者で自転車の部分品を作る小さな工場をやっているのがあったのでそこでこのブレーキを試作して今は、これはこっちにはもっと見当が付かないことながらその特許を申請中だった。併しそれが許可されてそれからどうするのか。他にそういうブレーキを考えたものがないことは勘さんの方で調べてあったから許可が降りるのが時間の問題であることは先ず間違いなかった。併し勘さん自身が自転車の製造をやっていてそのブレーキで新型の自転車が売り出せる訳ではなかった。

その特許を取ったことを楯に自転車の大きな会社にそのブレーキを売り付けることが先ず考えられた。併し勘さんがそういう所で知っているのはそこの営業部との接触を通してだけで勘さんの話では大きな会社の技術陣はそれぞれのやり方で仕事をする主義で殊に小さな自転車屋が考え出したことを取り上げたりすることに期待は掛けられないということだった。それまで自転車に付いていた別なのと取り換えるのにブレーキだけを作って売り出すにもかなりの設備が必要になる。併しそういう理由からただ考案して特許を得ただけにして置くのも惜しい話で何よりもそのブレーキを付けた自転車の乗り心地がこっちは気に入っていた。そういういいものでそれが普通に誰もが使う道具ならば広めなければいけないという風に考えることになってそこまで来れば一肌脱ぐということをする状態に達するのにそう時間は掛らない。思えばその頃は生活が楽で暇があった。

「そういうことに首を突っ込むのが好きな何でも屋のような金持の所に行って相談したら

どうだろう、」とそれでこっちは言って見た。

「そんなのは知らないから、」と勘さんが言った。

「それならば知っている。」これは本当だった。随分長い間会っていなかったが色々とやってては暮しを立てて来るうちに家庭教師で稼ぐこともしたことがあって幾人か教えた子供の一人の父親が丁度そういう何でも屋の金持だった。本当はどういうことになっていたのかよく知らない。こっちがしたことから先に言えばその頃は英数漢というのが中学生にとって難しい学科であることになっていてその英語と数学と漢文が出来れば高等学校に入れるというので親は安心した。或はその点に就て少しでも心強く思いたいので家庭教師を雇った。そしてそういう訳でその英数漢のお浚《さら》いをそこの家の子としているうちにこれが高等学校に入ったからこっちの株が上って一時はその子でなくてその両親と付き合い始めることにもなりそうだった。併し何でも屋の金持の家に出入りしてどういう得があるのか。せいぜいこっちの就職を頼む位のことでその頃のことだったからその必要もなかった。因《ちな》みに当時は高等学校に入れる程度の頭ならば大学にも入れたから大学の試験を受けるのに又家庭教師を頼まれることもなかった。

併しその一家、或《あるい》はそこの主人を勘さんの話で思い出したのである。その家は六本木にあってこの頃の六本木は盛り場のようなことになっているが、まだそれが屋敷町の感じがする町の時代だった。それから麻布の三聯隊と呼ばれた兵営があった頃で電車道を距てて向い側が一聯隊、その電車道にはどこにでもあるような小さな店が並んでその裏に屋敷の塀が続き、前に兵営から聞える喇叭《ラッパ》の音のことを書いたのは主にこの麻布の辺を歩き廻っていた頃の記憶である。そこへ又出掛けて行ってその目指す家は塀でなくて鉄柵だったからその家や庭が外から見えて塀ばかりの単調を破っていたが家が典型的な大正時代の建築であることが眼を余り喜ばせなかった。この時代に化粧煉瓦というものが出来てこれが鉄筋でも木造でも壁その他の表面に盛に用いられた。そして細長い窓が好まれたのは何故か解らないがその窓枠が漆喰《しっくい》でこれを大概は白い化粧煉瓦が囲っているのは建築家の考えが一軒の家を建てること以外の何かにあったことを示して偶《たま》に現存しているものを見ても充実した感じがしない。恐らくは外国でこういうものが流行しているというようなことがその頃はあったに違いない。

併しその家の主人はいい加減に建築家を頼んでその家を建てさせたものと思われて大正の人間ではなかった。それがいつ家にいるとも決っていなかったのでその日はその午後の時刻に行って見ると応接間に通された。大正の頃の洋館が内部はどんな感じのものだったかを書くのは家具という面倒なものがあるので外部よりも更に手間が掛る。併しどこかせせこましいのは外から眺めた時と変らなくて実際にこの時代になってこれも流行からか椅子や卓子が前の時代よりも一廻り小さく作られたのではないかと思う。又床には同じ細ごました模様の絨毯が敷いてある。それから置きものもどこか勘違いしている所があって幾色かの大理石を使った建物の恰好の時計に建物の柱と見せた部分だけ金箔が押してあったりするのが炉の上にあるのが大正の洋風の部屋だった。ただその凡てが結局は素っ気ないのが余りそういう部屋を使わないのが当時の習慣だったことも手伝って黴《かび》臭い感じがしたことが今になって時々思い出すと懐しい。

その家の主人は毬栗《いがぐり》頭で太っていた。もう何年も会わずにいて又顔を出すのに都合がよかったのはこれがそういうことを一向に構わない楽天家、或は何が起ってもそれが自分で納得が行くまでは信じない懐疑派だったからで現に住んでいるような家に住んでいられたのもこの時代に家を建てたりすればそういう家が出来上るのを覚悟しなければならないと初めから決めていたからだった。それにこっちが音沙汰もなくなってから又出掛けて来たのはそれだけ大事な用があってのことだと相手が思ってくれるのではないかということもこっちは考えていた。併し向うの方から、「御無沙汰しています、」と言われたのには少し慌てて、

「何ってもしようがないと思ってました、」と言い訳の積りで答えた。

「そうだな、」とその人が言った。「貴方は釣りはなさらないし、ただ私と飲んだってつま

らないでしょう。」その男が昔もへら鮒を釣るのに凝っていたことを思い出した。「それに貴方は金儲けにも興味がない。」

「その金儲けのことで伺ったんです、」とこっちは言った。それを意外に思うような相手でもなくて、

「併しそれならばもっと前からお出でになっている筈でしょう、」と今度はその主人が言った。「そうすると誰か人のことなんですか。」

「友達に自転車屋さんがいるんです。」確かにこういう人は話がし易かった。「それが自転車のブレーキの一種を発明したんでそのことで御相談したくて。」

「自転車のボール・ベアリングならばね、」とその川本というそこの主人が言った。それまで自転車にボール・ベアリングが使われていることを知らなくて或はこれは川本さんがその時考えていたことだけだったのだとも思える。兎《と》に角《かく》勘さんの店から設計図だの見本だのを大きな状袋に入れて持って来ていたのだったが、それをいきなり出して見せるのは何だか保険の勧誘員の下手な真似のようでその気になれずにいるうちに川本さんが次に、

「貴方は自転車にお乗りになるんですか、」と聞いた。

「前はね。」

「それじゃそのブレーキを付けたのは験して御覧になったんで。」

「そのことならば保証します。」

「なる程。」それが商談と言えるのか、ただの相談なのか、少くとも川本さんと話をする時はいつもそんな風だったことをその時になってこれも思い出した。前にまだ家庭教師で来ていて友達が商売を始める為に金を貸して欲しいという話を持ち掛けた時がそうだった。

「それならばそれはいいものだとして、」と川本さんが話を続けた。「そういう部分品を売り込むということになると色々とそのやり方があるんですよ。例えば日本で思うように行かなければ外国に売るっていう手もある。兎に角、」と川本さんがこっちを見て子供をあやすような顔付きをした。「そっちの方のことを少し調べて置くから用意が出来たらその友達っていう方に一度お目に掛りますか。お知らせします。貴方じゃそういうことは駄目でしょう。御面倒だろうし。」それがこっちも望んでいたことなのでそう言った。

「そうね、自転車ね、」と川本さんが言った。「その人は製造に乗り出す気があるんだろうか、」とこれは少し思い掛けなかったので、

「それはどうですかね、」と答える他なかった。

「併しブレーキの工夫をする位なんだから仕事には熱心なんでしょう、」と川本さんが言っているのがどこまで本気なのか解らなかったが、それがただの雑談でもないようだった。

「そういうのに作る方を担当して貰って、いや、社長にでも何にでもなって貰って作るこ

とに力を入れるということに決めて商売の方は又そっちの、或はこっちの専門家にやらせるという方法で案外旨く行くことがあるんですよ、これは今が自転車に金を注ぎ込む時期かどうかということとは別に。例えば友禅染めだってマッチだって電球だってその時期だったから誰かが考えた訳でもないでしょう。その前にそんなものはなかったから当ったんだというのならば酒は前からあって誰かがそのうちにシェリーというものを作ったんだ、好きでね。」

「今の所はブレーキのことに止めて置きますか、」とこっちは勘さんが何と言うか解らないので予防線を張って置くことにした。「もしそのブレーキが旨く行けばその次はフレームとか何とか、それを誰か他のものが申し出るかも知れない。」川本さんがそれに対してなのかどうか首を振って今度も又、

「そうね、」と言った。「貴方は躍進という言葉のように人を誤るものはないことを知っていますか。その躍進というのはいいことになっているけれど別な言い方をすればそれが分を弁《わきま》えないということなんですよ。そして分を弁えないのは所謂《いわゆる》、成功しても自分が何をしているか解らなくてそれでもっと大きくなれば満足するかと思って大きくなるのを続ける。それで敷地が東京の半分もある工場を作ってその製品がじゃかじゃか売れた所で何になるんです。併し他のやり方だってあるんですよ。先ずその貴方のお友達っていうのに会

って見ましょう。」話はそれだけでその為に来たのだったから後は帰る他なかった。川本さんが玄関まで送って来てくれて、

「そのうちに何とかしましょう。」と言った。「その人のことじゃない。貴方と一晩というようなことです。」そう言えばこの人とまだ飲んだりしたことがなかった。恐らく川本さんとならば面白いだろうと思ったが、それが川本さんのような人との場合どういう場所でなのか想像が付かなかった。これも身分、或は生活の問題でそれで行き付けの場所その他が何となく出来上って他人がそれを見てその人間の地位がどうのこうのと決めるのが実はいつでもその端から決めた地位の外に抜け出られるのだったから風通しがよかった。或は川本さんはそういう人間でこの人とならば本郷のおでん屋で勘さんや古木君と飲める気がした。その逆に川本さんが行く所で我々が窮屈にならずにいられるかどうかは別で、それには年というものがあった。これは要するにこっちが川本さんに前から或る親みを覚えていたということになる。併し勘さんの自転車の件が持ち上らなかったならば川本さんのことを思い出しはしなかっただろうということも事実でその時はこっちが勘さんの為に引き受けたことを果した気持に何となくなっていた。

その麻布の辺は当時は桜が多かった。これはその並木があったというようなことでなくて方々の庭木の桜が咲いていたので、そのことに就て改めて考えて見るとそれは麻布だけ

のことでなくてどこにでも庭があって木が植えてあり、それで桜もあったから春になるとその花が目立ったのである。併しその日歩いていたのが麻布で桜が綺麗だった。又それが桜だけでなくて他の木も芽を吹いていたからその緑と薄い色の桜の花が煙っているような効果を収めているのが屋敷の塀に縁取られているのを見ていると六本木の電車通りとは別な町にいる感じがした。そして六本木の電車通りも町で本郷まで戻ればそこに又別な町があった。それだからそういう所が集って出来ている東京も一つの町だったのでそのようなことを考えているうちに川本さんがもし東京の半分もある工場を作ったとしたらと言ったことが記憶に浮んだ。それが工場でなくてもどこまで行っても同じ感じがする町というものもある。併し東京は違うのだと思ったことを覚えている。

本郷までは電車でかなり時間が掛って降りた頃にはもう夕方だった。それで思い出すのが店の軒燈というものである。これは蕎麦屋、鮨屋その他食べに入る所に多くてそうでない店は今と同様に店中を通りに対して明るくしているのが既に珍しくなかったが、この軒燈が夕闇に浮び上ってそこでいつものように商売をしていることを知らせる感じはこの頃の営業中と書いた札を出しているのと話が違った。そういう軒燈を見て寄って行く気を起すのでもそれを幾つも見て晩飯のことを思いながら家に帰るのでもそれが東京の夕方だった。そして豆腐屋の喇叭の音も聞えて来る。そうすると電車が通る音も昼間程は響かないようで凡《すべ》てこうして眠りに誘うのに似た条件が実はそれから何をする気を起すのにも適していた。その本郷の通りをおしま婆さんの家の方に曲る路次の角まで来ると勘さんが自転車を修理して貰いに来たお得意と話をしていたので川本さんとの話は急ぐことはないと思ってそのまま路次に入って行った。

玄関を開けるとおしま婆さんが出て来て、

「今日はお刺し身ですよ、」と言ったから、

「何の、」と聞かないでいられなかった。

「鯛。」

「それならば二階の部屋で、」とこっちは言った。それは一緒にという意味で鯛だとわざわざ知らせてくれたのだから何か理由がなければならないのならばそれを聞くのも話題になった。そういう時の例に従っておしま婆さんはお銚子も一本付けて来てくれた。おしま婆さんが本当に飲めないのか、それともただ飲まないのかとその時も思ったがそれよりも鯛の刺し身の一件があるので先ず、

「何かの前祝いなんですか、」と聞いて見た。

「ええ、」という返事でそれからこっちが考えていることを察した様子で、

「それならば何故尾頭付きにしないかとおっしゃりたいんでしょうけれどね、」とおしま

婆さんが言った。「これは前祝いも前祝い、ほんのお呪《まじな》いなんですから。」確かにそこには話題があった。又それがどういうことかこっちが聞きたがっていることは解っていたのだから黙っていると、

「あの勘さんの発明ですよ、」ということだった。「何かいいものが出来たんだそうじゃありませんか。」

「早耳なんだな、」とこっちは他の返事が考えられなくて言った。

「いいえ、勘さんと立ち話していて聞いたんですよ、今日ミシンの油を借りに行った時。それで貴方がどこかお金持の所にその相談に行ったんだって。」勘さんはこっちが出掛けに寄ってこれから行って来ると言うまで川本さんのような人間がいることを本気にしていなかったらしい。

「もし本当にそれで勘さんが自転車成金になったらその時は尾頭付きですよ、」とおしま婆さんが言った。「勘さんの所にも届けなくちゃ。」

「併しそんなに儲かるかどうかね、」とこっちは勘さんの為よりもおしま婆さんが後になってがっかりすることになるかも知れないのが心配で言った。「貴方も勘さん思いだね。」

「だっていい人でしょう、」とおしま婆さんが言った。「あすこのおじさんとおばさんだって喜ぶのに決っている。」それまでこっちは勘さんの両親のことを考えないでいた。これ

は勘さんとは付き合いがあってもおしま婆さんがおじさんとおばさんと呼んだ勘さんの両親とは顔を知っている間柄で挨拶する程度だったからでもあった。勘さんがおしま婆さんにもブレーキの話をしたのはその位のことにしか自分がやったことを考えていない証拠だった。併しそれを聞いたおしま婆さんが自転車成金というような言葉を使うならば勘さんの両親も出世だとか自動車だとか洋館だとかいうことを胸のうちに温めているのかも解らなかった。それともこれも鯛の尾頭付き程度のことしか考えていないのだろうか。その両親というのは二人とも愚痴を言ったりすることと縁がない顔をしていて不平がある人間が立身出世のことを思う。それならばよかったが、やはり勘さんの両親もがっかりさせたくはなかった。

「勘さんだって今のままで満足なんじゃないかね、」とこっちは半分はその勘さんの両親に向っての積りで言った。

「そりゃそうでしょう、」とおしま婆さんが言った。「それでもその自転車の何とかでお金が入って来たらいいじゃないですか。」

「貴方はどうなんですか、」とこっちはそのことが聞きたくなって言った。

「もっとお金が入ったらばいいかっていうんですか、御冗談でしょう、」とおしま婆さんは何故かその時だけ改めてお酌をしてくれて言った。「今のままでいいじゃありませんか。

それとも私にもっと御馳走をして貰いたいんですか。」「それでこれはお互様だっていうことになりますね。」そのことが何だか可笑《おか》しかった。「大分前に友達の一人がね、何だかで二千円の小切手を貰って、」とその時になってそのことを思い出した。「それを銀行に持って行ったらばそ奴の所に二千円なんか入る訳がないっていうことが頭にあるもんだから銀行の係が千円と通帳に付けて友達がそのことを注意したらば平謝りに謝ったそうですよ。やはり二千円入ればそれを千円にされるのは惜しいものらしい。」

「千円ね、」とおしま婆さんがそんな金額は聞いたことがない顔付きをして言った。「その金で自動車が買えますかね。」これはこっちも全く不案内なことで自動車と言えばその頃は円タクや貨物自動車でなければお雇いの運転手付きの上等な外国製品だった。それで、「自動車はどうなのかな、」と答えた。「家ならば充分に建つけれど。」

「それは知っています、」とおしま婆さんが言った。「この家がそんなにしませんでしたから。それで貴方はどう思います。その千円で貸家を二軒建ててそれを貸すとしますでしょう。それだけ今までなかった金が入る訳だけれどそれでどうなるんですか。その上にその家を建てたり毎月の家賃を取り立てたりなんていう面倒があってそれでも余分に金が入った方がいいんだろうか。」

「だからですよ、」とこっちはそこで話をもとに戻した。「勘さんだって同じなんじゃないだろうか。その新しいブレーキを作って売るのは面白いだろうけれどその為に工場を建てたり自動車を乗り廻したりすることになったらどうだろうか。」「そうね、」とおしま婆さんがあっさり言った。「それじゃこの鯛のお刺し身損したかしら。」併しこれは少し退却の仕方が極端であるようなので、「そうとも限らないでしょう、」とこっちは言った。「勘さんも折角いいことを考えたんだからそれがものにならなければ嘘でしょう。それと自転車成金になるのは別問題ですよ。そのものになる前祝いのお呪いにこの鯛は旨いや。」そう言うとおしま婆さんが又お酌をしてくれた。それからそうすることで思い出したというのでは理窟に合わないようであるが如何にもそれで思い出したという風に、「さっき古木さんという方が見えましたよ、」と言った。「あすこの甚兵衛さんで貴方がこだってお聞きになったんだって。」甚兵衛というのがおでん屋の屋号だった。それならば古木君はこっちが留守だと知ってそこで飲んでいるかも知れなくておしま婆さんといるのが何となくむずむずして来た。併し理由が前祝いでもお呪いでも鯛のお刺し身の御馳走になって言わばおしま婆さんの方が先約であり、その上に古木君に何か用事がある訳ではなかった。それで立ち上る代りに、

「あれはこの間友達になったばかりの人なんです。そのうちに又話をしに来るかも知れませんから宜しく願います、」と言った。

「大学の学生さんて学校に行かないんですか、」とおしま婆さんが聞いた。そうなると詳しいことはこっちに解らなかったが、

「別に講義に出席しなけりゃならないっていう規則はないんでしょう、」とその頃の大学に就《つい》て聞いていたことを頼りに答えた。「要するに勉強していることが解ればいいんですよ。」当時はそうだったらしい。

「それはいいですね、」とおしま婆さんが言った。併し古木君の話をしているとやはり会いたくなって幸もう御馳走になった晩飯もお茶が出るばかりになっていた。こういうことは妙なもので友達がどこかにいるかも知れないと思うとそれが確かにいてこっちが来るのを待っている気がするのに変っておしま婆さんがお茶を持って来る前に、

「今日は勘さんのお蔭で御馳走になりました、」と言って箸を置いた。「その古木君というのがまだ甚兵衛さんにいるんじゃないかと思うから。」

「まだいますかね、」とおしま婆さんが言った。併しもう温くて店の戸が開け放してあって古木君が初めに見た時の姿勢で机に両肘を突いているのが遠くから解った。もう少し近寄ると古木君の前の皿にがんもが二つ、一つは食べ掛けで茶飯の茶碗もあって古木君はそ

こで晩の食事をしていたのだった。

「さっき寄って下さったそうで、」とこっちが入り口に立って言うと古木君が、「この間は御馳走になりました、」と両手を引っ込めて言った。一体に米の飯を食べた後は酒が飲めなくなることになっている。それで古木君も飲まないのだろうと決めはしてもこっちは酒を頼んだ。そういう米の飯と酒の説がある一方では酒好きの人間が御飯に酒を掛けて食べるという話もある。どんな味がするか、どこか濁酒のようなことになるのではないかと思うが御飯の後の酒ならばこっちは苦にならなかった。それにおしま婆さんの鯛の刺し身で御飯の方は余り食べないで出て来ていた。

「本を読む方はどうですか、」とこっちは前のことを思い出して言った。

「春になってしまえば馴れるんですね、」と古木君が言った。「もう本が本棚に並んでいるのを見ても眩《めま》いもしなくなった。併しこの間は有難うございました。」

「外国のようだったんでしたっけ。」その時のことが順々に記憶に戻って来て古木君と本と外国が又結び付いた。Boulevard des Italiens という名前が頭に浮んでそれがパリのどの辺だったか思い出せなかった。併し明かに今の古木君にとって外国に行くというのが一つの夢に近いものである時に又外国の話を持ち出していいものかどうか解らなかった。それもあって甚兵衛のいかつい銚子から一杯注いで飲むとその戦前の辛口はいつも通りの喉を焼く強さであるのがその芳醇な匂いに浸るのを妨げなくてパリが適宜に遠のいた。どこだろうと自分が明確に或る場所にいるのを感じることが出来るのは有難いことでそれが日本のような所にいることであるならばなお更である。却ってそれでパリの町も縮小されて雛型の形を整えてどこか遠くにくっきり浮び上った時に古木君の方ではそれまで何を考えていたのか、

「どうも日本ていうのはどこからも遠過ぎるんじゃないでしょうか、」と言った。「それが海に囲まれているのは英国と同じだって言ったたって英国海峡と日本海じゃ広さが違うでしょう。例えば天気がいい日にはフランスから英国が見えるそうじゃないですか。」

「そう。」又外国の話になったのは仕方ないことだった。「ナポレオン戦争時代にブーローニュの港の近くで英国上陸の予行演習をやっているフランスの兵隊の銃剣が日光を反射しているのが英国から見えたそうですよ。」

「そしてその一跨ぎのような所の片方が英国、片方がフランスでフランスから山を一つ越えればスペイン、フランスとドイツの間には何もない訳でしょう。それならば外国というものの観念が摑み易くなるんじゃないでしょうか。仮に日本海を渡って行ったたってその先は支那でしょう、支那は外国なんだろうけれど。」

「大変な外国でしょうね。併し一つの国だっておっしゃりたいんでしょう。そうなんです

ね、今は軍閥の縄張りと列国の勢力範囲でずたずたになっている感じでも。それがヨーロッパならば一つ山を越えれば別な人種がいてその向うには又別な人種が国を作っているということは確かにある。」

「貴方は島国根性っていうものがあるとお思いになりますか、」と古木君が聞いた。

「そんなのは迷信ですよ。」これは前から思っていたことだった。「明治以後の日本人が発明したことに違いありませんよ。だってそうでしょう、貴方がその島国根性というものを自分のうちに感じたことがあるんですかね。」それで外国に行きたがる筈がないじゃないですかとその先を続けるのは控えた。「寧《むし》ろ廻りが海だっていうことはその海を渡ってどこにでも行けるっていう気持が本当はいつもあるんじゃないだろうか。」

「それで渡って行くと支那で貴方がおっしゃるように先ず目に付くのが支那のものじゃないことが解っている横文字の看板か何かじゃないんでしょうか、上海でも香港でも。」古木君が島国根性のことをさっさと引っ込めたのはやはり関心が外国にあるのだった。併しそれがあって本を読む推進力にもなっているのではないかという考えがその時になって頭に浮んだ。そうすると船乗りが航海の話をしても構わないのだろうか。

「そのスエズ運河に赤い浮標が浮いている所が見たいんですよ、」と古木君が話を続けて言った。「そこに日本租界なんかないでしょう。それに誰かから聞いた話だけれどポート・セードで看板が皆フランス語で書いてあるっていうのだってちっとも構わないんだ。それはもうフランスが直ぐそこだっていうことなんだから。」どうも古木君と話をしていると外国、殊にフランスのことが戻って来ていけなかった。確かに当時の四十日間の航海という制限というのか、兎に角その事実は距離の感じを増して恐らくは四度も五度もその航海をしていても外国はやはり遠い所なのだった。それでただもうそのことばかりにならない為に、

「貴方も飲みませんか、」と古木君に言うと直ぐに承知して茶飯の茶碗を脇に寄せたのはこっちが飲んでいるのに釣られてだったかも知れなかった。こっちが廻した盃で古木君が飲んでいるうちに古木君の銚子と盃が来た。

「これは外国じゃ出来ないことですよ、」とこっちは言った。

「そうですね、」と古木君が言った。「それでどうしてフランス文学なんかが面白くなったんだろう。」これはまだ古木君から聞いたことがない調子のことだった。「併し面白くなったんだから仕方がないでしょう。それに外国の現場が見られないからというので外国のことに興味を持たないでいる訳にも行かないだろうし。」

「興味を持った時にもう外国が見えているんだっていう話はもうしたんでしたっけ、」とこっちが言っている時に勘さんが入って来た。そしてこっちが古木君といるのを見ると離

れた場所に納ろうとしたが、こっちは古木君の前では話が出来ない以上この機会に二人を引き合せて置きたい気がして勘さんを呼んで、「これは古木君、勘さん、」と紹介した。それは一緒に飲んだらということで勘さんがこっちの隣に来たから、「これは外国に行きたがっている人でね、」とつい古木君のことを言ってしまった。勘さんにはその意味が解らないようで頷いただけだった。「そんなに行きたがっている訳でもないんです、」と古木君が弁解の為に今までいた陣地から退却した。「ただ外国のことばかり読んでいると自分の眼で見たくなることもある。」古木君には勘さんがどういう人間なのか見当が付かないらしくて実はその点では一緒に飲んだり半日を銀座で潰したりしながらこっちも何をして暮しているのか古木君は知らずにいた訳で、これはその頃にしかなかった習慣でなくて飲んでいればそういうことよりも興味が別なことに行くのが普通である。それを名乗り合ったり職業を言ったりするのは素面の世界でのことで、これを要約すれば何かの意味で為にする所があるからそういうことをすることになる。その晩は勘さんと古木君が出会ってこの互に相手のことを知らない二人を引き寄せて友達に出来ないものかどうかやって見るのが無駄なことでない気がしたので自分がどのような形ででも惹かれている二人の人がいる時にそういうことがしたくなることも偶にはある。

「外国の自転車ってよく出来ているね、」と勘さんがいきなり自分の商売のことを言った。

「英国のラレーなんていうのは永久保証付きなんだって。」

「どういう点でなんですか、」と外国のことになると興味を持つ古木君が聞いた。

「ラレーは特殊鋼を使っているんですよ。それに変速ギヤなんて日本にまだないでしょう。これはスイッチ一つでペダルを踏む同じ回数に対して速力が変るんです、」と勘さんが説明した。

「自転車が昔は贅沢品だったことを思うと不思議な気がしますね、」と古木君が言って勘さんはいつか神楽坂の待合で二人で話したようなことを思い出した様子で、

「そうだったんですか、」と古木君に聞いた。

「所謂、社交界の人間が乗り廻していたんでしょう、」と古木君が言ったのはこれも外国の話だった。「併しあの頃の自転車に乗って気取っていられたんですかね、それで漫画の材料にもなっている。」

「気取って乗れる自転車を作って見ますか、」と勘さんがこっちを向いて言った。勘さんもこっちが川本さんの所に行って来たことは知っていたのだからそのことも頭にあったに違いない。

「今のならば気取っても乗れるだろう、」とこっちは言った。「それとも車輪をもっと大きくするか。そんな工夫をするよりも自転車に乗るのは体にいいとか何とかいうことになったらばそれでまだ延びる余地があるんじゃないだろうか。そうすると自転車競走なんていうものが又流行するかも知れない。」

「外国でもまだ自転車に乗っているんでしょうか、」と今度は外国のことを古木君がこっちに聞いた。

「それは乗ってますよ、」とこっちは当り前なことを言って古木君が外国に行けばパリだろうから地下鉄に乗るのだろうと思った。確かに外国は遠くて勘さんと自転車の話をしている方が実感があった。その為に、

「この人は自転車屋さんなんですよ、」と勘さんのことを古木君に説明した。

「それは失礼しました、」と古木君が勘さんに言ったのは社交界のものが乗り廻す自転車だとか知ったか振りのことを言った気がしてのことだったと思われる。

「その昔の自転車っていうのはどんなだったんですか、」と専門的な好奇心から勘さんが古木君に聞いた。

「例えば前の車がやたらに大きくて小さなのが申し訳に後に付いているのとか、ただ寄っ掛って乗って両足で地面を蹴って走るのとか。併し大体初めの頃のは前の車を動かして行

くのが普通だったようです。先ず絵で見た所ではね、」と古木君は付け加えるのを忘れなかった。

「前の車をね、」と勘さんが自転車の歴史を逆行させることを考えでもしているようなことを言ってこの自転車の話も余り進展する見込みがなさそうだった。そうするとそこに集った三人に共通のものは酒だけであることになってもう一つ気が付いたのはその中で古木君が一番年下だということだった。それで何か出来ないものか。その三人とも飲めるのだから飲んでいるうちには酔いが廻って来て丁度その前に古木君に最初に会った時に外国ということで話が合ったように古木君と勘さんが二人で話す材料が見付かるのではないかという考えから銚子を暫《しばら》くは自分の前に並べて行った。勘さんと古木君の前にも銚子が二、三本ずつ並んだ。

「こうしてここで飲んでいて仮にパリのカフェでその年の葡萄酒か何か飲むことになったらやはり違うんでしょうね、」と古木君がその晩勘さんが入って来る前の話に戻った。

「それは違いますよ。その味からして違うでしょう。」それ以上の説明は難しかった。

「その違っていることだけでもう酔うんでしょうね。何か妙な気がするだろうな、」と古木君はやはりそこの所がもどかしそうだった。

「前に支那の青島まで行ったことがあってね、」と勘さんがこっちにとっては初耳のことを披露した。「家の叔父があすこで料理屋をやっていてね。あすこはいい町だ。あの町は前はドイツ人が持っていたんだって。」古木君がそのことに就て直ぐに何か聞かなかったのは自分がそれまで考えていたのと別なものに勘さんの話でぶつかったのを感じたからのようだった。

「どんな風に、」とそれでこっちが聞いた。

「ただいいんだよ、」と勘さんが言った。「こういうのが外国というものなんだなと思った。何から何まで違っているんだよ。ただそれだけなんだね。その違っている方のものが日本のものよりもいいなんていうんじゃないんだ。例えばビヤホールがあってね、そこを今でももとのドイツ人がやっているんだそうだったけれど、何というのかね、椅子も卓子もジョッキの形も皿の大きさも窓の恰好まで日本のビヤホールと違うんだ。それだからビールの味まで違うような気がしてボーイさんは支那人だったけれどそれが、あれはドイツのビヤホールのボーイさんていうのがああいう恰好をしているのかね。そうだな、今思い出すと夢だったような気がする。」これは古木君にも解る話だったらしくて、

「それでももう一度行って見たいと思いませんか、」と勘さんに聞いた。併しそれから先も解ったのかどうか勘さんが、

「そうですね、」と言った。これは勘さんがそれまで考えたことがないことのようで妙な

ことを聞かれたと思ったのかも知れなかった。「それは行ったっていいけれど一度行けばそれはそれでもういいんじゃないのかな。あの修学旅行ってのがあるでしょう、」と勘さんは漸《ようや》く一つの手掛りが出来た様子だった。「あれで行って面白い思いをして又もう一度っていう気がしますかね。それからの旅行だって修学旅行のようなものなんだ、」と勘さんは一つの哲学的な考えで結んだ。

「併し外国は違うって貴方がおっしゃったから、」と古木君はそこの所が諦められない口振りだった。

「そう。」そのことで勘さんの考えが別なことに飛んだ。「外国のものは違うよね、どこか確かに。例えば自転車だってラレーだとかＢＳＡだとかデートンとか、」という所まで言って勘さんはそういうものを聞き手の方が見たことがないのではないかと懸念した様子で言葉を切って、「併し違っているからいいっていうのも面白いね、」と言い直した。「あれは隣の家を覗いて見る感じのようなものなのだろうか。」

「その隣が途《と》轍《てつ》もなく遠いもんだから一層何もかも違って別世界に来た気がするんだろう、」とこっちもその考えに釣り込まれて言った。「貴方が行ったのは青島だけれどそれが香港になってシンガポールになって、そのインド洋ってのが又広いんでね、」とこっちの考えが勘さんのから離れた。

「その海ってのは或る海と別な海の広さの違いが船に乗っていて解るのだろうか、」と勘さんが面白いことを言った。実際にそのことはどうなのだろうか。先ず地図で日本海とインド洋の面積を比較するからインド洋に出れば大洋を船で行く感じになるというのはあり得ることだった。併し日本海と東支那海とインド洋の三つを船で渡って地図のこととは別にただ自分が見た眼にそれをただ海と思ったかどうか、或はそれが出来るものかどうか暫くは勘さんも古木君もなくてそこに三つの海が拡った。そのどれもが違っていることは確実に思い出せた。併し日本海を航海している時には日本から支那に渡るのであることが初めから解っていてインド洋では船の食堂に降りて行く所の掲示板に地図が貼ってあってほんの僅かしか進まない船の位置が小さな旗が付いたピンで示してあった。それならば人間は観念を離れて眼の前にあるものを見ることも出来ないのだろうか。或はそうでなくてインド洋を本当に広く感じるのか。もし古木君の頭に外国の観念がなかったらば古木君にとっての外国も違って来るのではないか。

「やはり歴史の問題なんだろうね、」とその挙句に勘さんには興味がなさそうにも思えることを言った。

「青島に歴史はないね、」と併し勘さんが言った。

「それは何故、」とこっちは聞かずにいられなかった。

「だってそうだろう、」と勘さんが言った。「あれは支那で、それから暫くはドイツ人のものになっていた。だからああいう、あすこの建物だの道だの、」と説明に戸惑っている様子なので、

「それは解る、」とこっちが手を上げて言った。

「だからそうじゃないか。昔からある所にほんの僅かな間その遠くから持って来たような町が出来ていて又それがドイツ人のものじゃなくなったんだから歴史も何もないだろう。」

「そうなんだ。」その晩は勘さんが光っている感じがした。「だから貴方が見た何もかも違っている場所の歴史はドイツの歴史だったんでそこのドイツ人は外国に来ている積りだったんだから歴史はないことになる訳だよ。香港だってシンガポールだってそう言えるだろうね。併しインド洋の向うまで行けば話が違って来る。」

「そう、ドイツに行ったら青島とは違うだろうな、」と勘さんが言った。「併しそうしたらドイツが日本とそれ程違うと思うだろうか。」その論理でこっちの世界史の知識が暫く混乱してその整理が付いてから、

「その歴史が違うからね、」と言った。「ドイツなんていう名前が漸く出来た頃に日本はもう文明国だったんだから。」

「そういうことはあるだろうね、」と勘さんが言った。「お宅のおしま婆さん、じゃなくて

それじゃ話が逆になるけれど、あの人と家だってどの位歴史の為に違っている所があるか解ったもんじゃない。」そこから一種の新しい世界聯邦論が引き出せるのを感じたが考えて見ればそれは勘さんにも古木君にも興味がある訳がないことだった。殊に古木君にはでその古木君のことを頭に置いて勘さんに向っての形で、

「それだから世界に色んな所があってそのうちのどこかに特別に惹かれるっていうこともある訳だろう、」と言った。

「本郷の人間が本郷にのようにか、」と勘さんが言った。

「それもあるだろう。併し自分が行ったことがない所にその為にっていうこともあるよ。」

「あるだろうか、」と勘さんが言った。

「あるとも。」このことは強調しなければならなかった。「貴方だって平安朝の頃のことは知っているだろう。」

「知らないけれどそれはいいさ、」と勘さんが保留した。

「つまりね、やたらに男が女にその所謂、懸想《けそう》するんだよ。そしてそれが大概は、だったかどうかは知らないけれど多くの場合男は相手の女を見たこともなくてなんだ。例えば綺麗だっていう噂を聞くとかさ、どこかでその女が作った歌を読むとか、或はせいぜいその重ねの端を見たとかいうことでそれでもう夜も昼もその女のことばかり思っている状態に

なるんだ。つまり恋愛さ、今の言葉で言えば。それならばそれが女じゃなくて場所だっていいだろう。」

「なる程ね、」と勘さんが言った。「今でも自分が行ったことがない場所のことでそんな気持になることがあるのか。」そう言われてこっちの立場が妙なものになり掛けた時に自分で挙げた重ねの端の例を又思い出して、

「それはあると考えられるだろう、」とどうにか持ちこたえた。「例えばその場所でどんなことがあって何が作られてという風なことを皆、そうだね、読んで知っていてただそこに行ったことだけはないということになれば。」

「そうだろうか、」と勘さんが言ったのは解ったようでも解らなかったようでもなくて古木君が黙っていたのは古木君にも付け入る隙がなかった為ではないかと思われた。それに確かにこっちの論証は不充分だった。昔の日本の漢学者達は支那のことに精通していて或る時代には支那の本場の人間よりも遥かに詳しかったということもあるに違いない。併しそれで支那に対して望郷の念に駆られた漢学者のことは余り聞かなくてそれがその支那というのが既に過去のものであることが解っていたからというのは理由にならなかった。その過去に対して望郷の念に駆られるならばその過去の遺跡位は見に行きたくなる筈である。そうするとヨーロッパというのはやはり特別な場所なのだろうか。Parmi l'écume inconnue et les cieux と詩人自身が歌っているのにその詩人が出て行きたがっている場所にこっちが恋人の思いで行きたがる。どうも甚兵衛の土間でその強烈で芳醇な辛口のを飲んでいてそこの所が可笑しくなった。そうすると自分はもう本当に行きたいとは思わないのだろうかと考えている時に勘さんの方から、

「それで貴方はどうなんだね、」と聞いた。これは何か勘さんにあやされているようだった。今そのことを思い出して見てもそれがどうしてだったのか解らない。併し勘さんはこっちがその所謂、洋行帰りの一人であることをもう大分前から知っていてその質問はこっちがもう一度外国に行きたいか聞いている意味になり、これは自分の過去に答えを求められているようなものだった。それでその答えは述懐の形を取って、これが歌劇ならば吟唱という所である。

「それは貴方が知らないことを色々知っているから。そしてこれは自分が知っているだけのことを眼で見て確めたいことの逆、じゃないね、要するに既に眼で見て確めたことが本当にそうだったのかどうか疑っているっていうことになるんだね。貴方だって青島に行ったのが夢のような気がするって言ったでしょう。併しそれが本場だともう少し違う。一口に言えばヨーロッパっていうのは野蛮なのじゃなくて人間の歴史からすればついこの間まで野蛮だった所なんだよ。まだ三百年とたっていない昔に人間が好んで一つの町全体を血

で洗って喜ぶなんていうことが我々に想像出来るかね、そのヨーロッパに行かずにさ。それが三百年前だってもう日本は江戸幕府の時代だよ。そのもっとずっと昔にはヨーロッパにも文明があった。併しそれが一つ二つとやはり血で洗われて亡びたんだ。その血の匂いを若さの体臭とも取ることが出来てただそれだけならば鼻に付くだけだろうけれど今のヨーロッパの文明にまだその血の気が残っているとしたらだ。もし血を見るのが好きだった三百年前の人間が植えていた薔薇がその時と同じ匂いで今でも匂っていてそれが夕暮れの空気に混じってこれが一日の終りだと思う場所があればだ。そうすると、」とそこまで来て漸く少しは確かなことが掴めた。「これは年寄りが若い女に現を抜かすようなものだろうか。」

「もしその年寄りがそういう女に会ったらばね、」と勘さんが言った。

「そして自分は少しも年取っている感じがしないんだからその言い方も少し可笑しい。併しヨーロッパと日本の歴史を比較すればそういうことになるかも知れない。尤もどうだろうね、もしそこまで何でもなく行けるようになったら。そうするとやはりこれはマルセーユまで四十日の問題になる。いや、船が神戸を出てフランスのマルセーユに着くまで四十日掛るんだよ、」と勘さんの為に説明した。

「船に酔うだろうな、」と勘さんが言った。

「だって勘さんだって青島まで行ったんじゃないか。」

「それはそうだけれど、だって船って長い間乗っているうちに酔うのじゃないのか、」と先天的に船に酔わない質に生れ付いた男が無邪気に聞いた。又それはいいことだった。それで何かこっちの頭が荒れ模様になり掛けていたのが静ってそこは甚兵衛の土間で勘さんと古木君と三人で飲んでいた。それは春の晩で土間が冷えているのが気持がよかった。そんな町一つが血で洗われるようなことがあったらばたまったものではない。又序《つい》でに言って置くとこれは剣で一人一人を刺して血を流すという手間が掛ったことをしたのでそれだけ血もよく流れた。併しこれは今になって付け加えているので甚兵衛の土間では春の晩だった。

「どの位行っていらしたんですか、」と古木君が余計なことを聞いたからこれは、

「どの位っていう程じゃないですよ、」と簡単に片付けることが出来た。併しそれでは何だか可哀そうなので又少しは話をもとに戻して、

「貴方もそのうちに行くかも知れませんね、いや、きっと行くでしょう、」と言った。「フランスじゃ出版が全く自由なんですよ。だから日本の内務省なんてどんなひどい本が出ていることかと思うんだろうけれど、そしてそれは出ているけれどそれを本屋らしい本屋で探したって駄目なんですよ、皆そんなものに飽きちゃって見向きもしないんだ。それが買

いたければセーヌ河の岸に沿って屋台店の本屋が並んでいる所があってどの店も紐を渡してそういう本が洗濯もののように洗濯挟みで吊してあるんだ。あれをどれか買って来てこっちの税関を旨く通すんだね、いい記念品になる、セーヌ河の。」

「もっと買いたい本がありますよ、」と古木君が言った。尤《もっと》もその時は両方ともそういうことが何《いず》れあるというのがただそうした仮定だったので、それでなければその晩がそういうものである訳がなかった。

「この人は強いんですよ、」と勘さんがこっちの方に顔を振り向けて古木君に言った。「このこの酒を一升飲んだんだから。」古木君はそのことに対して余り興味を示さなかったが勘さんがそう言ったこともこっちを何か豊かな感じにした。まだその時は四、五本しかこっちの前に並んでいなかった。勘さんの前にもその位、古木君も四本という所だっただろうか。その晩はそれで充分飲んだ感じがして例のブレーキの一件は翌日勘さんに話すことにして三人でそこを出ると古木君が、

「これから女を買いに行きます、」と言って円タクを直ぐに止めたから我々はただ帰った。

四

その翌朝になって勘さんの店に行くと丁度他に誰もいなかったので川本さんに会ってのことを掻《か》いつまんで話してそのうちに川本さんの方から改めて何か言って来ることも報告した。

「そうか、」と勘さんが言って別に嬉しそうでもなかった。それがもっと詳しくどういう気持でいるのかはその顔付きからは解らなくてこっちから更に言うこともなかったのでその時はそれで帰った。一体に事務というのはそういうつまらないものである。仮に話がもっと進み、或《あるい》は初めに考えた通りにものになった所でその交渉をしたり又その報告をしたりするこっちの状態に真底の所は何の変りもなくて旨く行ったからというので小躍りするような勘さんならばもともと一緒に飲む気を起すというようなことになる訳がなかった。ただ勘さんがいいことを思い付いてそれをそのままにして置くのは惜しいからというので電車に乗るとか人に会って話をするとかして駈け廻る事態が生じ、それでそういうことをした結果が日本中の自転車に勘さんが改良したブレーキが取り付けられることになった所でその年の桜が咲くのが遅くなるのでも早くなるのでもなかった。併《しか》し小躍りはしないまでも勘さんが少しは嬉しい思いをするということは考えられた。それがどの程度にか。もしそれが非常にならば初めに戻ってそれは勘さんらしくないことだった。要するに自転車のブレーキでこうして行ったり来たりするのとこっちが横浜で仕入れたコーヒーの粉を東京の喫茶店に卸して廻るのとどこがどう違うとも言えなくてただ何か片付けているのである気持に少しも変りはなかった。

それが乗り掛った船ということの意味である。つまり乗って行く他ないということで暫《しば》くして川本さんから本人に会いたいと言って来た時には勘さんにそのことを伝えて川本さんの家までどうやって行くかも教えた。その時一緒に付いて行くよりも勘さんが一人の方がいいと思ったのは川本さんと勘さんがなるべく早く互に相手に馴れて、或は相手から受ける感じを確めて直接に話を進める方が無駄が省ける気がしたからだった。それに自分が前から知っている二人の人間が互にどう反応するかということにも興味があった。又勘さんもそういう時に気後れがする質でもなくて川本さんが都合がいいと知らせて来た日に出掛けて行ったことはその後で勘さんから聞いた。別にその為にこっちから勘さんの所に出向いたのではなくて又それから二、三日して甚兵衛で顔を合せたのである。当然そういう時にはどうだったかこっちから聞くことになる。

「川本さんというのは親切な人だよ、」と勘さんが言った。「併しどうも話が食い違ったようでね。」それはこっちの責任になることなので、

「貴方に言った通りのことを川本さんにも言ったんだよ、」と説明した。「併し川本さんが自分の考えを貴方に言ったのならばそれは又別だけれど。」

「その川本さんの考えなんだ、」と勘さんが言った。「あのブレーキで少し大きく金儲けがしたければそれも実際に出来るだろうけれどね。あれは呑み込みが早い人だよ。それとも前から自転車のことは知っていたのかね。川本さんに設計図を見せて説明したら直ぐに解ってそれでまだ色々自転車っていうのは改良の余地があるんじゃないかって。その研究を援助してくれてもいいし、もしブレーキだけ違っていてもそれで一つ自転車の工場を作ることを考えて見ないかって。そこが話が食い違っている点なんだよ。」それならばこっちにも解ることなので、

「そんな大袈裟なことじゃないっていうのか、」と言った。

「そうなんだ。あの川本さんは金持らしいから工場を一つ作る位出来るかも知れないよ。そして同じ理由でそこで作った自転車が売れるかも知れない。併しそんなことがしたくてあのブレーキをこっちが考えたんじゃないんだからね。」勘さんがそう言っている甚兵衛の土間には夕日が丁度差していた。それは人の話が解り易くなる時刻で勘さんの話はそのまま頭に入った。

「もっと具体的には貴方が乗る自転車にあのブレーキが付いていればよくて、ただそれだけじゃ勿体ないような気がするっていうことなんだろう、」とこっちは言った。

「そう、だから特許を取って広めるのはいい。併し工場なんて持って御覧よ。又そこで作

った自転車が売れるようになったらどうするんだ。それから人を使うのも構わない。そのうちに自転車の商売が駄目になって自動車の修理工にでもなったらそこの工場を自分でやって行きたいと思うかも知れない。併しそれはその時の話だよ。今は自転車で結構やって行けるんだからね。そしてこっちはこの町に生れて育ってそのもとの場所に今でも住んでいるんだ。そこへ自転車の工場でも持って金持になってさ、下手をすると、」と勘さんは何かそれが恐しいことのように言った。「自動車なんか乗り廻す身分になったらどうするんだ。それで今の家や店を持っていても仕方がなくなって他所に越すなんていやなこった。」

「そこまで川本さんだって考えちゃいなかったんだろう、」とこっちは言った。それは確かで川本さんにして見れば麻布の化粧煉瓦の家に住んでいてどういう事業でも起せたからそれと自分の家を出て行くことが一緒になる訳がなかった。「そうするとどうなんだね。もう少し考えさせて貰いたいっていうことだってこっちが言って来るか。」勘さんが興味がないことならばこっちがそれを言いに出向くのが順序のようだった。

「取り敢《あえ》ずそうしてくれないかね、」と勘さんが言った。「このことは他の自転車屋仲間とも相談して見たいんだ。その上で又何か川本さんにお願いしたいことが出来たらその時はこっちが自分で行く。併し御苦労だったね、」とその時になって勘さんがこっちの杯に注いで言った。「何かお礼がしたいんだけれど。」

「まだ役に立ったか立たなかったか解らないのにお礼もないだろう、」とこっちは言った。

「併し本当に貴方はテーダイ号とか何とかいう自転車を作って売り出す気はないのかね。」

「ないね、今の所は、」と勘さんが言った。「併しこういうことはあるね。あのブレーキっていうものがもうあるだろう。その為の特許はどうせ取れるよ、特許局に友達がいるから、」と勘さんは時々初耳のことを言った。「そしてブレーキって自転車の大事な部分だけれど、まだ例えば今のフレームの作り方じゃ重過ぎるっていうことがある。それからこの頃外国で作っている変速装置だってもっと簡単なものが出来る筈だよ。そういうことを川本さんが言う風に初めからその積りで一時に何とかしに掛るんじゃなくてあのブレーキを考えたようにね、自転車屋をやっていてどうかして思い付いたことがあった時にそれを験して見るという具合にやって行ったらそのうちにどの部分も気に入った自転車が出来るかも知れない。その頃になったら工場があってもいいよ、」と勘さんが言って笑った。

「テーダイ号か。」

「いや、今はギヤMにオータか。それならホンゴー、じゃないね、この間の古木さんに何かいい外国風の名前を考えて貰うか。」それでその晩は自転車のことはそれ切りになった。

併し川本さんに頼んで置いて勘さんが乗り気でないならば川本さんにいつまでも返事を

しないでいる訳に行かないのでそれから又麻布まで出掛けた。もう桜は散ってその代りに屋敷町の塀の上はどっちを向いても若葉が光っていた。その辺の道が砂利道だったか鋪装してあったか今となってはどうも思い出せない。この頃は東京のどこへ行っても鋪装道路しかないからでもあってただまだ当時の麻布は塀と塀の間を砂利道が続いていたのではなかったかと思う。そうでなければその日のように天気がいい時に道からの反射でそれ程若葉の緑に気を取られていられなかった筈であるが、それは兎《と》に角《かく》川本さんの家に着いて通されたいつもの応接間も外の庭木で青味掛っていた。そこへ川本さんが入って来て勘さんの意向を伝えると、

「あれは面白い人ですね、」と川本さんが言った。「何だか訳が解らないものを売り込みに来るのがこっちの方で気を付けていないと切りがないんですよ。そういうのに工場を作って上げるなんて言って御覧なさい、飴になって溶けちまうから。」川本さんはどうかすると変った言い方をした。

「あれは今のままでいたいんだっていうことが大事なんですよ、」とこっちは前に言ったことを補足した。「つまり今までそうだったように前が本郷の電車通りで少し向うへ行くと兼安の店があって、それからこれは貴方が御存じないことだけれど行き付けのおでん屋の店が兼安と反対の方の路次にあるっていうことが。それだからこれは朝晩目に入る眺め

が自分が馴れて来たものだっていうことになる。」

「そういうことがあるんですかね、」と川本さんが自分が行く所に麻布の町が付いて来るようなことを言ったので、

「だって貴方だって何か新しい事業を始めた関係で例えばニュー・ヨークに行った切りになることが解ったらば、──」

「それは、お前、」と川本さんも呑み込みが早い方で言葉がぞんざいになった。「それは併し本当ですね、色々な意味で本当だ。」それを聞いてこっちも危きに遊びたい気を起したのかどうか、

「川本さんはこのお家が気に入っていらっしゃるんですか、」と前から頭にあったことを兎に角聞いてしまった。

「なる程ね、」と川本さんが言った。「それは貴方が聞きたくなることかも知れない。併しね、これはただ馴れるということと違って、いや、これがその通りに馴れるということなのか。例えば自分の生れ故郷が懐しいっていうことがあるでしょう。そしてその故郷を自分で選ぶ訳じゃない。ただ所謂《いわゆる》もの心が付いてからというのが人間が或る意味で一番敏感な時でしょう。その時に故郷に馴れる。それならばもっと長い期間を掛けて一軒の家に住んでいるうちにそこでよくなるっていうことだってありますよ。もう一つ、この家は今の

日本のようなものだ。」

「今の落ち着いた日本ですか。」これは益々危きに遊ぶことだったが仕方なかった。

「そう、この家が落ち着いているとは言えない。」川本さんの笑顔は気にしてもいない様子のものだった。「そして日本は、そうですね、併しこのままでいる訳には行かないでしょう。それには矛盾が多過ぎる。寧《むし》ろまだこなれていない部分と言った方がいいんですかね。何しろ明治で凡《すべ》て一応は御破算にしちまってそれからまだ百年とたっていない、今日までで六、七十年ですか。」その川本さんの家が落ち着いているとは言えなかったが川本さんの話とこっちが現に例えば東京に就《つい》て感じていることが合っているのかいないのか、そこの所が確めたい誘惑があった。又それは自分の廻りにその頃は一つの落ち着いた世界を見ていたということであるようでそれがそうでないと川本さんの言葉に従って考えるならばそのこともその世界の落ち着いた感じの一部をなしているということになりそうだった。その限りでは凡て現にあるものは動いている。

「その自転車の話、何《いず》れその先があることになるのを期待しているんですよ、」とこっちが帰る時に川本さんが言った。それで思い出したことで勘さんが自転車屋の仲間と相談するというのがどういうことなのか解らなくて又それはこっちがその段階では知ったことでなかったから勘さんに対して引き受けたことはこれでここまでの所ではけりが付いたと見た。そうすればこっちは又コーヒーの粉の卸しに自転車の中古の改装、或は偽装に戻るまでのことでその上に丁度その頃それまで自分の所にあるのを忘れていた古いフランスの本を神田の一誠堂で百円という意外な値段で買ってくれたので一層何か天下泰平の気分になることが出来た。或はそうだったのだろうか。それはその意味の取りよう次第で泰平の逸《いっ》民《みん》ということがあり、泰平が必ず文明の時代でのことならばその頃は、或はその頃も日本は文明だった。そうするとその逸民というのはどういうことになるか。伯夷叔斉《はくいしゅくせい》が山の中で何をしていたか考えて見たくてもそのような人間が本当にいたことも今となっては確める方法がない。

併し日々過ぎて行く文明の状態というものはそれだけで楽むに価する。その楽むということがあの頃は見守ることと一体をなしている感じがどこかにあったのが何によるものかこれは今思い出しても詮索するだけのことはある気がする。普通はそういうことになるのが一つの文明がその絶頂にある時で昭和の初期の日本が文明の状態にあったことは疑えなくてもその絶頂に達していたとは思えない。それならば見守ることになったのはその状態に新しいものがあったからでそれまでの時代が野蛮だったのでなくても川本さんが言った明治以来のごたごたに収拾の動きが生じて文明の落ち着きを取り戻し始めたのが昭和の初期だったことは認めていい。又それが新しくてまだ脆弱なものだったから文明がその絶頂うものはない。

にある時と同じでこれは見守るに価したのでその均衡がいつ破れるか解らないのを覚悟しなければならなかった点でこの二つに変りはなかった。事実その頃古木君と歩いた銀座がそれから十年もたつとそうして歩けるような場所でなくなって戦後になってもう銀座というものはない。

又それで誰もその頃の人間が不安だったのではなかった。少くともそれは十年もたてばというようなことから来る落ち着きのなさではなかった。我々が生きているのを感じれば感じる程死を控えて今が今という時と思うものである。先ずそういう気持だったというのが一番簡単な説明だろうか。勘さんが戦争が起るだろうかと言ったのは戦争が起っても自転車が売れなくなっても今はこれで充分だということだった。又いつの時代にもこれ以上の覚悟、或は同じことながら生きていることの楽み方というものは考えられない。それだからその頃は今よりも時間が遅くたって行ったような気がする。今の時間が空白であることからそれを埋めるのにやたらに他所に考えを走らせる必要がなかった為である。それで路次を銭湯帰りの人間が歩いているのに出会っても自分の家に風呂があればそれだけ時間が省けると思う代りに銭湯の壁に書いてある富士山の絵が頭に浮んだ。

そんな風に日がたって行くうちに或る晩のこと甚兵衛で勘さんに会うと仲間のものが何人か集って銘々の考えを持ち寄って一台の自転車を作っているという話を聞かせてくれた。

それに勘さんのブレーキも取り付ける訳だったが、そうして作っているのであるからその自転車は手製だった。勘さんはこっちが新品の偽造はやっても実際には自転車のことに就て素人であることを知っていて普通はそういう話を余りしなかった。併しその晩は言っていることについ熱が籠った様子で箸で机に図を書いて見せたりするだけでなくてスプロケットだとかクラッチだとかこっちには始めての片仮名の名前が幾つも飛び出した。それがどういうものを指すのか聞き手に解らないことがあるのも時には忘れるようでこっちに解ったのは兎に角勘さんが文句を付けたくなる余地がない自転車が少しずつ出来上って来ているらしいことだけだったが、もしそうならばそれは喜んでいいことだった。それが一台の自転車であっても専門的な不満がないのに越したことはない。

その一台が出来上って試験して見た上で沢山作るというような話になった時に又川本さんに何か頼むことになるのかどうかということも勘さんの考え次第で今の所はこっちもその自転車が出来上ること自体が楽みだった。例えばその頃の蘭領東インドで自転車が売れるからそれに向いた自転車を考えるというのでなくて自転車というものそのものに興味があってもう少し増しなものを工夫するというのは道理に適ったことでもあって陶工が瀬戸物を焼くのに苦心するのと変る所はないことに思われた。それは言わば自然な行き方だった。例えばエジソンは日本にマツダランプの工場が出来て繁昌する為に電球を発明したのではない。まだ本郷の電車通りに砂埃が立っていた頃は何かの為に何かすることがそう普及していなかった。それで甚兵衛のおでんも味が落ちないでいたのに違いない。勘さんが一通りのことを言って自分の前におでんがあることに気が付いたように又食べ始めたので、「確かに今までの自転車っていうのは何かぶざまなものを見馴れているんでそれが景色の一部になるっていう風な所があるね、」とこっちは川本さんの家のことを思い出して言った。

「そうなんだ、」と勘さんが答えた。「この頃流線型っていうことを言うだろう。あれはそれだけ能率が上って見た眼にも綺麗なんだ。尤《もっと》も自転車が流線型になる訳がないけれど。」

「そういうことになると東京の町だって、いや、東京だけじゃなくて田舎に行ったって随分ぶざまなものがあるよ。」その時どういうそうでない眺めというものをこっちが考えていたかは今でも解らない。「あの海鼠《なまこ》板の屋根なんかそうじゃないか。あれはそういう重宝なものが出来たからですむことじゃないよ。それを使う奴が無神経なんだ。」

「この辺じゃ余り見掛けないね、」と勘さんが言うのを忘れなかった。

「妙な所に外国のものが入って来ているんだ。」それはこっちがその時になって気が付いたことだった。「どうにか自転車はもう日本のものになったけれど海鼠板だってやたらに街燈を並べて何とか銀座って言ったりするんだってなくてもいいものだろう。今までなかったものが急にあるようになると使い方にまごついて釣り合いが取れなくなるんだよ。」

「そのうちに馴れるさ、自転車のように、」と勘さんが言った。

そういう風に出来ているものなのか勘さんのブレーキの一件が当分はこっちの手を離れた形になると古木君のことが妙に気に掛るようになった。古木君のことは本当を言うと何も詳しいことは知らなくてそれはお互様であり、又こっちと勘さんにした所でそうで誰の子でどこで生れてというようなことが人間同士の付き合いに加えるものもそこから減じるものもないのは既に触れた通りである。併し気に掛るのは古木君の外国に憑かれていると思われる状態だった。その頃の日本と外国、或は外国という言葉が意味したヨーロッパの間の距離はそれが言わば甚しいものだったから今でも記憶に残っているのでそれは単にマルセーユまで四十日の問題ではなかった。それに就ては一般の考え方というものもあってこれは大正の時代からそのまま受け継がれたものと思われるが大正になって日本には何でも一応あることになり、その見方は研究の設備にも及んで外国のことを勉強するのに外国まで行く必要が認められなくなっていた。そういうことは凡て明治年間にしてしまったではないかというのである。そしてこういう大正の時代らしい一種の鎖国的な思い上りは実際に外国に行く便宜にも影響した。フランス文学がやりたければ東京帝大の仏文科に入ればいいでしょうということになり、その頃は既に京都帝大にも仏文科が出来ていたかも知れない。もう大学というのがそういう万能薬のようなものに考えられ始めていた。

古木君も初めはそういう積りで帝大の仏文科に入ったのに違いない。そしてどうしてもフランスに行って見たいと思う所までフランスの本を読むのが進んだのならば当時の帝大の仏文科も伊達にあったのではないことになる。それが卒業間際に丁度そういうことになるように教程が組んであったのならば古木君の上達の仕方がそれよりも少し早かったのでその年の四月に三年になったと古木君から聞いたと覚えているが仮に卒業してからであってもフランス行きが簡単に実現出来ることでないのに変りはなかった。そういう勉強をして大学を出たならばそれでもう充分という考えが世間一般のものである時にその上に現地まで出向くというのはもの好きの部類に入って援助する個人とか団体とかが現れることもそれだけ期待し難くなる。その頃フランスまでの郵船会社の船賃が一等で当時の金で千円で貨物に近い扱いを受ける三等船客で行ってもその半分位の金額を覚悟しなければならなかった。又それは片道であってフランスに行ってからの費用もある。

そういうことの限りでは昭和の初期も大正の続きだった。凡てが世俗の上では妙に実利的に仕組まれていて英国の文学というのは英語と結び付いて英語の実用的な性格から尊重されはしてもフランス文学は単なる文学であって文学は一般に用がないものだった。それだから銀座の紀伊国屋を繁昌させたフランスの本の人気は本ものだったと言える。又銀座の町そのものが同じく当時の世俗的な考えから浮き上ったものだったからやはり本ものだったので立身出世に国威宣揚はそこでは意味をなさなかった。併しそれだから古木君のフランス行きは考えるだけでその難しさを感じることだった。勿論これは古木君から何を頼まれたというのでもなかった。併し話していれば頭の半分がフランスに行っているか或はいつでもそうなるのを待っているような具合であることが解ってフランス行きがもし適えられなければ古木君はどうするのかと思うことがどういう直接の訴えよりも強くこっちに響いた。それでいてこっちにどのような対策があったのでもない。

こういう時に金がないのは歯痒いものである。一般に金というのはその必要を満すだけあれば充分であってそれ以上は余計であり、その程度の金は大概はどうにでもなる。併し偶《たま》には自分にとって法外な額がなければ是非したいことが出来ないという場合も生じて頭は株とか競馬とかいう方に行く。尤もその頃は金というのがしっかりしたものだったことも事実で今日のように国の予算が兆を正確に一万億を表す言葉と見て一万何千兆かである時に千万円というのがどの位の値打ちのものかその観念が摑み難いのに対して当時は千円は大金でそれを裏付けて五円の金貨があり、これは純金一匁《もんめ》を含んでいた。それで出来ないことは出来ないと解っていて諦めが付け易かったということもある。考えて見れば古木君がフランスに是非とも行きたいというのも贅沢な話でもし行けなければ死ぬのでも難病が直らないのでもなかったのであるから大学を出たらばフランスの商社にでも勤めてせめてフランス人のフランス語を聞いて詩を読む足しにすると言った間に合せの手がない訳でもなかった。併し凡て精神を働かせるに価することは贅沢である。

尤もまだ時間があった。古木君がドイツ語のものも読むことがそのうちに解って或る晩、これは又二人で銀座の資生堂に行った帰りにその裏にあった二人とも始めてのラスキン文庫をバーにしたようなゴチック風の小さな店に偶然入って飲んでいる時に古木君が誰の詩だったのか Ich hab' die Götter gelehrt, flüstert mir, ——それから何とかで、——die Zeit という一行を口に出したことがあった。もし時間が神々にも教えるものがあるならば人間の為にも何かと用意するというのが本当ならばまだ時間があるということが古木君が言いたかったのかどうかは解らない。併し古木君が段々大人になって来ていることはその前から感じていた。尤も最初に会った時からまだ一年とたっていなかったのだからこれは古木君から先ず受けた印象でこっちが勝手に子供と決めたのだっただろうか。或は丁度その頃が古木君の成長の上での過渡期だったのかも知れない。兎に角そのゴチック風の店で飲んだ晩は古木君はもう子供ではなかった。

その詩の一行が気に入ったので古木君に手帳に書いて貰ったのを覚えているが手帳はその後焼けてしまった。これはその手帳だけではない。ここで書いていることの大部分は焼けてなくなったものの話で、それにしては次々にそのままの形をして記憶に戻って来るのが迎え火を焚いているような感じさえする。銀座のバーに付いて来るのが古木君がいやでないことが解って時々その頃は行ったものだった。その中で割に多く通ったバーの下から階段を登って来た突き当りの壁に Keep your head cool and your feet warm. And a drop of gin will do you no harm とペンキで書いてあって warm と harm が押韻すると思っているのかとそれを見る毎に気になったのも覚えている。そういう銀座の裏通りも静かだった。これは銀座の町も無用のもの、表向きはないことになっているものだったということもあるので外国のものが板に付き、根を降すには先ずこれが世俗の上からは無視されてそれが好きなものによって育てられることが必要とも考えられる。

どの程度に銀座に外国があったかを示すものとして古木君の外国行きのことが頭にあって銀座にいるとどうかするとそこが東京の町でなくなった。例えば資生堂の一階の席でそこの細長い窓の前を通っている横丁を越して向うを見ると同じ化粧煉瓦を使った様式の資生堂の別な建物があってそれが大正期の日本でなければ建てられはしなかったものであることが解っていながらそれを背景に横丁の鈴懸けの並木が鋪道に影を落している具合が必ずしも日本と思えなくなることがあった。併し外国、或はヨーロッパと言ってもそれがそこのどこかでなければ場所の感じがするものでない。そうすると資生堂の横丁が銀座の一部でなくなった時にどんな風にそこが外国を思わせたかは面倒な問題で恐らく印象派の絵だとか十九世紀末の小説とかの記憶がその折り折りに戻って来てそれがどういう記憶であるかに従ってその横丁がパリ、或はロンドン、或はニースの一隅であるような幻覚を生じたのに違いない。何もそれ程までに苦労して自分が外国にいる気分になる必要がなかったことは解っていてこれも古木君のせいだったことにしたくなる。

その古木君も卒業論文とか何とか他にすることがあって外国のことばかり考えている訳ではない筈だった。それにこれは今になって漸く思い当ったことであるが人と話をしている時に自分の仕事のことを持ち出すのは用談か同業者の付き合いに普通は限られていて古木君がこっちに向って十九世紀のヨーロッパの哲学でベルグソンが占めている位置というようなことが言いたくなければこっちとの共通の話題に外国というものを選ぶのは出会い以来の経緯からして当然だったことになる。そしてその話をしているうちに本音を吐くことになったということはあっても人間がいつもその本音の領域にいるのでもなくて日本で酒を飲むのがパリで飲んでいることにならないその違いをそれまでに読んだことから探る無理に焦れていない時は古木君も人並に机に向ったり研究室から本を持ち出したりしているに違いなかった。それに他所の場所のことが頭にあるので自分がいる場所がどこでもよくなるのでは生きていると言えなくてその頃の古木君がこっちの悪影響もあって一人で出掛けても銀座の紀伊国屋から日本橋の丸善、或は序《つい》でに三越の洋書部を廻ってそのまま帰る紋切り型の書生でなくなっていることも考えられた。

併しそれにしても当時の古木君のような外国のことが頭を働かせる材料になっている人間にとって時間がどんな風にたって行ったかは今からでも推測して見るのに足りて言葉から受ける印象で築かれた世界は精緻を極めていても、或はそれが精緻を極めているからもしそれが自分がいる場所のものでなければ二つの世界が頭に現にあることになって自分がしていることの性質上そのうちで言葉で築かれたものの方が広い範囲を占めてその世界に就て知っていることは自分がいる場所に就て言わば殆ど何も教えてくれるものがない。例えばパリにいる人間ならばセーヌ河に就て書かれた無数の詩でセーヌ河というものに対して眼を開かれる。併し自分が眺めるのが隅田川ならばセーヌ河の詩は言葉の領域に止る他ない。勿論これは自分がいる場所がその場所と呼ぶに価するものである時で今日の東京、或は隅田川ではそれがどこだろうと見るものの勝手なのに近くなっているから隅田川を抽象的にセーヌ河に擬することが出来なくもないが当時の三十間堀は三十間堀で隅田川はまだ墨堤の名残りを止めていた。又それは雨上りの泥道に自転車が木の電信柱に立て掛けてある東京だったのでその詩情を歌ったものはフランスの詩にない。

今日ならば東京がどこの町か解らなくなった代りに外国というのが少くとも昔と比べれ

ば簡単に行けて更に大学でそういう勉強をするというような場合は外国文学という重宝な言葉が出来ていてこれも日本でやる専門の研究の一つになり、外国の河がどんな色をして流れているかよりも月に外国の雑誌を幾つ読むという方に注意が吸い寄せられる。又そこに金も動いていて帝大がなくなった代りに今日では例えばフランス語で稼ぐ口は幾らもあり、フランス語とフランスが切り離せるのは英語と英国の場合と変ることはない。更にそのフランス語、或は英語その他は人間というものや文明の問題とも別箇に扱えるものでこの頃は外国文学というのが一つのそういう商売である。併し古木君の時代にフランス語のものを読むのはそれが好きでなければ出来ないことだった。それでやるものは本式にして深入りし、フランスは地理的には遠い外国であってこうして一人の人間が二つの世界に住んだ。

併しこっちは古木君でなかった。勘さんの方のことも一段落付いた形で差し当りコーヒーの粉を仕入れに行くことも中古自転車の改造に掛る必要もなかったので甚兵衛で飲んでいると古木君が入って来て最初に会ったのもそういう午後の時間だったからその時刻に何もすることがないと古木君はそこに来ることにしているのかも知れないと思った。それに客が少い昼間の食べもの屋というのは確かにいいものである。

「ベケットってどこの国の人間なんですか、」と古木君が暫くして聞いた。その二、三日前にこっちが柄にもなく丸善に通りすがりに寄って見てベケットのプルースト論があったのを拾い読みして来たのは幸だった。尤もそれでベケットがどこの国の人間か解った訳でなくて、

「よく知らないけれど英国人じゃないんですか、」と答えた。「プルースト論ですか。」

「あれは面白い本です、」と古木君が言った。「Proust had a bad memory なんてその通りでしょう。もし所謂、記憶がいい人間ならばあんなことは覚えていやしない。それにプルーストは思い出しているんじゃなくて記憶の作用をしつこく分析しているんでしょう。あんなに意識的じゃもの覚えがいいとは言えませんよ。」

「そうすると貴方はベルグソンがどうのこうのというようなことはこの頃どうなんですか、」とこっちは最初に会った時のことがまだ頭にあって言った。

「あれは嘘ですよ、」と古木君があっさり言った。「それから本に就て又本を読むというのも取り消します。」古木君も記憶がいい方だった。或はプルースト風に悪かったのか。「初めはそんな気がするものなんですね。あの bibliographie という奴を見ただけでいやになる。併し我々は文学をやっているんでしょう。それが註釈を読まなければ解らないっていうんじゃ何も読んだことにならないじゃないですか。」

「併し他人の註釈を引かないと例えば論文が書けないでしょう。」

「だからその程度には読むんですよ、」と古木君が言って笑った。「どうせ多少はそういうものを引っくり返すことになるでしょう。併しベケットっていうのは幼稚な所もある人なんですね、」と言ったのがどういうことなのかこっちに直ぐには見当が付かなかった。

「あれはプルーストの主人公が戦争中にフランスの勝敗に就て一喜一憂するのが俗だと書いているでしょう。それならば自分の国がどうなってもいいと人間に考えられると思っているんですかね。いや、それが出来たらそれも、そうですね、偉いのかも知れませんね。併し出来るかって言うんだ。」

「先ず出来ないでしょうね、その場になって見れば。殊にフランス人にはね。ベケットは英国人でしょう。いや、アイルランド人かも知れない、」とその時そんな気がして付け加えた。

「英国人は自分の国がどうなっても構わないんですか。」

「いや、そういう目に会ったことがないんだ。或は最後に会ったのが千年近く前のことなんですよ。それだけ余裕があるんだ。」併し実際はそんなことじゃないことをその時も感じていた。所謂、知識人というのがその頃から現れ始めていた。これは昔の知識階級と違って知識を素直に身に付けることよりも知識を自分から切り離してそれで遊ぶことの方を純粋と心得る人種である。それはヨーロッパで第一次世界大戦の痛手がそこまで行ってそれ以上でなかったことを示すものかも知れない。もし真面目であることがこの大戦とその惨害を生じたのならば凡て真面目に人間が考えることから身を退くのが賢明であるという言い分も一応は通る。それとともに人間が言うことが薄っぺらになった。ベケットのプルースト論は知識人に書けないものであっても古木君が取り上げたような点は知識人だった。

「この間勘さんていう人がここにいたでしょう、」とこっちはこれも思い出して言った。「あの人が時代っていうものはあるのかって聞いたことがあるんですよ。それでそんなものはないって返事したんです。」

「時代がないんですか。」

「例えばプルーストが書いたことをベケットが取り上げて俗だって言うでしょう。それはベケットが英国人だとかアイルランド人だとかであるからなのであるよりもプルーストがフランスを憂えるのは俗だと見たりすることが一九二〇年代以来の一種の風潮になっている訳です。それをそういう時代だとも言える。併しそれに乗っちまえば可笑《おか》しなことになるのは貴方にだって解ったんでしょう。それを幼稚と言ったって同じことですよ。だからもしそれが時代というものならばそれに逆うというのじゃ却ってそれに縛られることになるから初めからないと考えた方がいいと思うんです。」

「そして時代はないんですか。」

「それはあるでしょうね。そのうちに例えば銀座が銀座だった期間を一つの時代として振り返ることになるかも知れない。」

「又その間にも月日はたって行く訳ですか。その時間だけは洋の東西を問わない気がする。」それで今これが書いていられるのか。確かにその後も地上に時間は正確に過ぎて東京の昔を思い出せば直ぐにそこまで戻って行ける。併しここで外国ということを幾度も出して来たが、その頃の東京というものを思うとこれも外国の感じがしないでもないのが不思議である。我々にとって外国が外国であるのは一つにはそこでは何から何まで勝手が違うことをいや応なしに知らされることによってであると言える。併しその何から何までの我々には解らない何かがそこに確かにあるのを感じることも外国の印象の一部をなしていてそれがそこの生活様式であり、そこの人達の間で行われている世界観、人生観その他であって昔の東京が外国のようであるのは実に簡単にその時代にはその生活様式も人生観もあったのに対して今はそういうものが認め難くなっていることから来ている。例えば勘さんが会社の社長になって車を乗り廻したりするのはいやなことだと言えばその理由の説明をするよりも先に誰もがそれがそうであることを納得した。或は甚兵衛が甚兵衛というおでん屋であってそこにいる間は他所に行くことを考えないでいられたのはその店ならばその店でそこの生活があったからで同じ事情から資生堂にいればそこの高い天井の下で時間

がたつのが気にならなかった。そういうものがあるのとないことの違いは微妙であっても
それが動かし難いものであることはどうにもなるものでなくて仮にここで資生堂も甚兵衛
も人が行く所でなくなり、ただ団体でバスに乗って運ばれるそうした店に変ったと想像す
るならば或はこの辺のことが少しは呑み込み易くなるのではないかとも思われる。
兎に角その昔の東京に戻ってその頃もおでん屋に決った門限というものはなかった。た
だ店毎の都合で看板にするので古木君と話をしている間も客が出たり入ったりしていたが
それも途絶えて古木君と二人切りになると主人が、
「今日は外国に行かないんですか、」と珍しく口を利いた。
「遠いからね、」と古木君が言った。「そう始終行っていられやしない。」それに対して主
人が頷くような顔付きをして又黙ってしまって我々も暫くは別に言うこともなくていた。
併し古木君にそういう返事の仕方をすることが出来るのは古木君の言葉通りに外国が遠く
なったのであるよりもこれが古木君から適当な距離に置かれていることでそれを聞いてこ
っちも一息つける気がした。これは色々な意味でそうだったので余り一途に何か思ってい
る人間がそのことを実現することは覚束ないのみならずそれが望めないのは逆に思い方が
足りないからであるとも見られる。もっとその目指すことが奥に染み込んで当人が普通は
そのことに気付かないでいる位にならなければならないので古木君が地理の上での外国を

その位置で考えるようになっているならば何かの方法でそこまで行くというのがそう無理な話でもない感じがして来た。少くとも初めはどうにも難題に思われたことが今はもっと月並なことと同様にそのうちにその機会もあるかと思える種類のことになった。

「例えばプルーストを泉鏡花とか志賀直哉とかいう風に普通に読めないものなんですかね、」と銘々の前の銚子が更に二本ずつ並んだ頃に古木君が言って最初に会ってからまだせいぜい半年たったばかりと又思えなくなった。

「併し向うとこっちじゃ酒を飲むのも違うとか何とか。」最初の時から半年しかたっていないならばこっちも古木君が言ったことは覚えていた。

「それでも読めるでしょう。そしてどこか違っていること位は解る。併し例えばあの最後の所で駅夫が汽車の車輪を験して鉄の棒で叩いて廻るのは日本の鉄道でそういうことをしなくてもそのまま解ってそういう所が大事なんだ。それならばその解る方から考えたらどうなんでしょうか。」

「貴方がそういう読み方をするならばもう誰も文句を付けるものはいませんよ。それともいるのだろうか、」とその込み入った気持でこっちは笑った。

「それはいるでしょうね、」と古木君が真面目に言った。「どこがどう違うか本当は解らずに何もかも違っている建前になっているんだから。併し貴方はどうなんですか。」

のことに一般に受け取られていないことに気が付いた。その頃も或ることに就てはそうだった。「もし何もかも違っているならばそのうちの或ることに打たれるっていうことだってない筈ですよ。」

「だって他に読みようがないでしょう、」とこっちは言って普通のことが必ずしも普通のことに一般に受け取られていないことに気が付いた。その頃も或ることに就てはそうだった。「もし何もかも違っているならばそのうちの或ることに打たれるっていうことだってない筈ですよ。」
「だから自分に聞く他ないんですよね、こういうことは、」と古木君が言った。「自分がその通りと思うことがあればそれだけ理解の範囲が広まったんだ。その気持でいると不忍池が別な具合に見えて来るっていうことがお解りでしょうか。」それならば貴方は外国に行っていいとは言わなかったが、その時そう思った。それは行かなくてもいいからだった。その晩何時までそこで飲んでいたか覚えていない。

その頃それでは自分一人でいる時に何をしていたか努めて思い出して見ると結局は町中を歩き廻っていたということになりそうである。これは稼ぐ必要がある場合は別で稼ぐのは金と差しているようなものであるから一人でいることにならない。又そうして歩き廻って時が過せたことは何かを探してはそれを得ていたのだと結論する他なくて今になってその何かの正体を追うならばそれは変化だった。少しずつ凡てが変って行くのが感じられた。それは過ぎて行くのでもよくて、ただそれは交代による推移だった。何かが生れて来ていることは間違いないことでそれがその前からあったものの中でだったからこれが突然そうなったのでないことは確実であり、又それ故にこの新しいものはそれまであったものの一部に取り入れられてこの推移には脈を打つものがあった。その頃に銀座があってそれがその周囲の町に対して別なものだったのではない。そこと同じ掘り割りの水が築地にも京橋にも、又もっと遠く山谷にも流れていてその一部である銀座に外国の匂いがした。

又例えば日比谷公園のこれは今でもある花壇の一角に木の腰掛けがあってそこから向うの木立ちの方を見ると一本の椈《ぶな》の木が木立ちから抜け出ているのがその頃建った三信ビルの輪郭に配されているのが明かにそれまでのこの公園になかったものを表していて、その公園は曾《かつ》て芥川龍之介が寒山拾得《かんざんじっとく》の姿を認めたのと同じものだった。或は宮城《きゅうじょう》とお濠《ほり》を距てた所にその後に壊された帝室林野局の建物があってこれは褐色の化粧煉瓦を使っていても既に大正の安易な様式のものでなくて明治のものでもないのに一箇の建物であることが見た眼に紛れもない点で日本の建築が再び建築になり始めているのを感じさせた。その廻りが松と芝の宮城前の広場であって少しも構わなくて又これは東京の建物だったからその広場が廻りになくてはならなかった。今その辺から丸ノ内の方へ行けば曾ては赤煉瓦の建物が並んでいたのも壊されて新築された建物ばかりになっているが、そこを歩いて見るならばやはり町の感じがすることで林野局の伝統がここに受け継がれていることが解る。その伝統の形成と呼べるものにこっちは立ち会っていたのでそういうものが現れつつある時に一つの建物を後生大事に守ることはない。

併し公園や建物では話が限られたものになる。その頃は一つの場所にいることも出来れば他所に移るのに気持の上で不自由することもなかった。柳橋辺りの河岸を夜歩いていると舟で川を下って来た新内流しが座敷からの客の注文で一曲やっているのに出会ったものだった。それから足が向くままに浅草まで引き返してもの珍しさにどこかそこのカフェーに入るとそこの楽隊が聞かせるのはジャズでそれがまだ耳に残っている新内と同じ一つの流れになったのは新内もジャズもそれを聞いているものが聞くのを楽んでいた為としか思えない。そのどっちも誰かの生活の一部になって響いたということ以外に蘭蝶と何とかブルースの間に繋りはない筈である。それだから勘さんと甚兵衛から神楽坂のバーに行くのも古木君を連れてその甚兵衛から銀座の資生堂に行くのもただ場所が変るだけで、ただそれだけだったからその違いも解って楽めたというのは事実であるとともにそれ程簡単に説明出来るものでない。

やはりこれは東京に住む人間の銘々にその生活があったということになるのだろうか。それがあるとないでは客を扱う方のものの心構えも違って来る。それで小間物屋と舶来のものばかりを売る店は感じが同じである為に片方で売っているのが日本で出来たもの、片方が舶来品であることが鮮明に感じられて舶来のものを売っているのは洋風の小間物屋だった。或はその頃数寄屋橋の辺に新たにフランス料理屋が店を出したのを覚えている。それは外を真白に塗った小さな店で白く塗ったのは隣近所の建物との調和を考えてのことであり、そこの家具も白く塗った籐椅子を使ったりしていたが、そんな風に料理その他にも気を配った店だったのにそこを別に新しいとも感じなかった。或はそういう感じにならないでいられたから新しかったのでそこの卓子に向ってこういう店は昔なかったと思うことが出来た。又それでそこがフランスになったのでなくて明かに東京の数寄屋橋だったので強いてそこに外国を求めるならば資生堂の一階から往来を見るのと同じで何かそういう匂いがあることに止り、それが間違いなく外国の匂いであってもそれならばその匂いも数寄屋橋という場所の一部だった。

併し確かに全くただそれだけのことだったのならばそれを見て暮すという訳に行かなかった筈で新しいものが生れて来るということの他にもう一つの変化、或は推移がそこにあった。ただ新しいものだけのことならば死んでしまったのでない限りどこの文明にもそれはある。併しあの頃の東京はそれが生れて来るのにどこかひ弱な所があった。これが子供ならばひ弱でも何でも子供が一人生れたことに変りはなくてこれは子供だけのことでない。併しそれで川本さんが言ったことが時々頭に浮ぶのだったが数寄屋橋にフランス料理屋が出来てそこにいるのが楽めてもそれがただそのことであることですむものとは何か思えなかった。そうするとこれは東京だけでなくて日本の問題になり、その日本の中心が必要以上に東京にあったから東京で殊にそのような感じがしたのかも知れない。確かにまだ日本になれていない部分が多過ぎた。これも川本さんの言葉通りに明治維新からその頃で六、七十年しかたっていなかった。

こなれていない部分というのはまだ言葉になっていない部分が多過ぎた。その代りを勤めさせられる言葉が既に言葉の用をなさなくなったもので君には忠というようなことがその頃まで真面目に言われていたのを思い出す。その君には忠も結構だろうが君も忠もそれが指す筈のものを表すのに不充分であり、従って不正確である時にそれを真面目な気持で使っていればそこに空白が、又嘘が生じる。それだから銀座もフランスの本もそうした言葉遣いの上では無用のものであることになることによって本ものであることを得たということはあっても一般に世間を相手に真面目なことを言うのにその正確な言い方が欠けていれば理窟が通らないことになり、これが生活の世界では生活が凡てを運んで行っても互に言葉を交すことが出来ない領域がその生活の上に幾つも積み重ねられていることを思えばその為にいつかどこかでどういうことが起るか予断を許すものでなかった。銀座が無用のものである時にそこでの生活は時間の浪費であると主張することを妨げるものはなくてそれがないのはその主張を反駁するのに双方が共通に理解する言葉がないからだった。

或は例えばその頃の奈良で薬師寺と唐招提寺の間の細い道を歩いていて振り返って薬師寺の塔の線に銀座にも浅草のカフェーにも、又渋谷の郊外にも繋るものを認めてもそれが繋っていることで全くその意味で薬師寺も唐招提寺もいつまで続くものか解らない気がした。そして銀座の資生堂の外に並木が鋪道に影を落しているのと同様に薬師寺も奈良の郊外の田畑もそこにあった。そういうものが嘘に見えたというのではない。それは物質の面でそこにあって精神がそれが実在することを保証した。そして銀座に新しいものがあったから薬師寺にも新しいものが感じられた。それで無用のものということの意味が漸《ようや》く少しは具体的に摑めるものになる。明治維新という革命の域を越えた大変動が起きた時にこれを通して人が兎も角目標を見失わずにいられたのは日本が精神の面では充足していてそれ以外の実用的なことではそうでないからそれを直ぐにも外国から取り入れる必要があるという考えがあった為だった。所がそう考えること自体が精神の面でも充足していなかったことを示していて、ただ実用的な方のことを急がなければ国は亡びるのだったから精神の面でのことからその間注意が逸れていただけでなくてそのようなものは無用だった。

それが無用であるならば充足しているどころでなくて涸渇に瀕していても問題にならない。その辺のことが見逃されて明治から大正まで来た。今から思えば昭和に入る頃から漸く変動を通して営まれて来た生活が精神の面でも芽を吹き始めたのだったことが解る。それは銀座にも二、三篇の詩にも活字の切り方にも見られることでその頃から洋服の普段着が板に付くようになった。又それが板に付いたものだったから明治以前の服装に、又詩は日本の詩歌に繋った。併し明治以来の一般の考え方からすればそういうことが凡て無用のものでその考え方に表向きはまだ変化がなかったことに注意しなければならない。それは実際に吹き出たばかりの芽だったのでその生命力も危まれた。まだ今日の日本語と認められるもので書かれた詩が二、三篇しかなければそれが忘れられて消えるというのもあり得ることで同じことが昭和に萌芽を見た凡てのことに就て言えた。そしてその意識も常にあって我々が貴重と思うことはそれが続くかどうかという考えを伴っている。これがその当時の凡そ微妙な状態でこれは見守るに価した。

五

後になってから書けば色々なことになる。併《しか》し現在はいつも現在でその時は季節が春の積りでいるうちに長雨が続くようになる頃だった。その間にどうかして晴れた日があるともう初夏だと思う。そういう日も気持がよかったが寒くなくなった季節に雨が降っている東京はこれは今でも風情があるのだからその頃は格別のものだった。一体に都市というのは雨が似合うもので雨が降っていても引き立たない所まで行けばもう救いようがない。これは自然が遠近法に生じさせる変化によるものと思われて風景画で画家がそこに書き込むものを選択するのと同じ具合に雨が視野に制約を加えてこっちがどこに眼を向けてもそこに映るものを選択するのが容易になることが至る所に雨の日の眺めを出現させる。それで泥の道の電信柱に自転車が立て掛けてあるという効果も得られておしま婆さんの家の二階で窓の脇の机に肘を突いていると帝大の木立ちが森に見えてその前の電車通りを走っている電車の音から考えが飛んで不忍池に降りて行く坂に沿った岩崎家の石の塀も雨に濡れているのだろうと思うことにもなる。

その間もそのもっと前の若葉が眼にまだ燃えているように感じられた頃もその更に前の冬の間と同様に勘さんは家業に携る暇に自転車の工夫をしていたものと考えられる。何か自分がする積りでいること、或《あるい》は現にしていることがある時はそういうもので季節の変化にも気が付かないというのでなくても若葉の緑の前に例えば自転車があることになると時間のたち方が多少違って来る。それが全く違うことであって夜が明けて朝になったのも知らずにいるというのではどこか可笑《おか》しいのでそういう寝食も忘れるのだの櫛風沐雨《しっぷうもくう》だのというのは偶《たま》に命懸けでそれをやるのでなければ形容に過ぎない。勘さんがそんなことをやっている訳がなかった。併し長期間に亘って持続して、或は実際には断続して或ることに掛っているということはあり、そうすると月日が春の後に夏が来るという風なものでなくて自分が意識しては一つのことをしていたことからその仕事が自然の推移に被さっての一つの連続になる。それは被さっているのであるからその推移がなくなるのでなくてそれに気付かずにいる程になるならば仕事も長続きはしない。勘さんもこっちとそう違った生き方をしているのではなかった。寧《むし》ろ全く同じように生きていたと見ることも出来てそれで一緒に飲んで夜明しするということもするのだったが、もし強いてそこに違いを探すならばこっちが何をしているかと人に聞かれた時はただ生きていると答える所だったのに対して勘さんならば自転車の工夫をしていると言ったかも知れないということはあった。

その勘さんの店がおしま婆さんの家から電車通りに出る角にあったのだからどこかに行く時は大概はその前を通ることになり、もし勘さんが店にいれば素通りするということもない訳だった。或る日丁度いたので店に入って行くと勘さんが、

「これはどう、」と言ってそれまでまだ見たことがなかった方式の床にフレームから棒が一本突き出て自転車を支える装置で立っているこれは間違いなく新品の自転車を指したので懸案のものが出来上ったことを知った。それは確かに見た眼に新鮮な型のもので自転車を洒落た感じのものにする積りの時はその頃も何故かハンドルを競走用のを真似て下の方に折り曲げてまで低くするのにその自転車のが逆に普通のよりも高くしてあるのも一つの

特色だった。この自転車の部分は馬の頭と同じことで馬は首がしなやかに弧を描いて曲っている時でも乗り手の前に頭を立てている印象を与えるのでなければ全体の落ち着きが悪い。それに自転車もハンドルが高くなっている方が操縦するのに楽なのである。又その突っかい棒のスタンドもそれも勘さんが考案したものかどうか解らなかったが軽快で気に入った。その位解れば細かなことを聞くこともないので、

「とうとう出来たのか、」と言った。

「まあね、」と勘さんが言った。「これはこの一台が出来ただけなんだよ。それをもっと沢山作ることになれば又少し考えなければならないかも知れない。」併しこれは一応は出来たということなのだったからそれまでの経緯からしてもそれはよかったで引き退る訳に行かなかった。その日出掛けて来た用事もそう急ぐことではなかった。勘さんもいつも店にいなければならないのでなくてそれならばとこういう時にはなるもので二人で甚兵衛に行った。

「あれは沢山作らなければ惜しいよ、」とそこの机の一つで向い合うことになってからこっちは言った。「その位は乗って見なくても解る。」

「それは乗り心地はいいさ、」と勘さんが言った。「併しいつかの、あれは川本さんだったっけ、あの人が言ったようにすれば話が少し大袈裟になり過ぎはしないかね。貴方はどう

思うかね。あの自転車は手製だからいいんだよ。あれは何人かの自転車が商売のものが考えを持ち寄ってその何人かで作ったものなんだ。その味を生かして大量生産でないまでも兎《と》に角《かく》工場で一時に何台も作れるかどうかっていうことなんだよ、問題は。」そういう話ならばこっちにも解った。ことの起りは機械を使って機械を作るという考えにあると思うのであるが、それで雑なものという観念が頭にあることになって大量生産が精密ということと両立せず、その精密に重点を置いてもその場合は更に多くの機械を使って精密を期するという方向に意識が働いて精密が念を入れるというのと同じことであることが忘れられる。又更に自転車はどこにでもあるものだから精密である必要がないという気持がそれに加る。

併し手製で自転車を作っていたのではその手間が適当な乗り手の所に自転車が届く道を封じる。やはり或る数のものが市場に出ていて買い手の中の適当な乗り手の率を多くすることで自転車の品質を保証することが必要でそれが保証されて始めてそういうものを作って行くことが意味を持つ。そうするとこれも金の問題になった。勘さんの話では今度の自転車の製作に当ったものの共同出資で試験的に市場に製品を送る為の設備を整えることは覚束なくてその仲間以外に金主を見付けるのでは勘さんが言う通りに仕事が大規模になり過ぎて折角の自転車が普通のとそれ程変りがないものになる心配があった。当時の日本でまだ自動車は作られていなくて従って自動車を注文でしか作らないという商法は、これは尤も今日の日本でも考えられていない。併しそれで勘さん達の自転車を一台だけにして置くのは惜しいことだった。それが飛行機ならばもの好きですむのだったが自転車はその頃の日本でも普及品であり過ぎた。

勘さんが出来上った自転車に誇りがあることで悲観論に傾いているのに対してこっちが又川本さんを持ち出したのは初めの時の繰り返しだった。併し記憶している限りでは川本さんが大工場とか宣伝して売り出すとかいうことを言っていたのではなかったからもう一度ただ金を使わせる意味で川本さんに相談をする余地はあるように思えた。そのただ金を使わせる積りでというのが勘さんの気に入ったらしかった。確かにもし川本さんがそれを受ければ仲間の一人になる資格があることになり、そういうのではつまらないということならばそれで川本さんとのまだ中途半端になっている話にけりを付けることが出来た。それに同じ損をするにしても決定的に損をするのがどの位の金額になるのか自転車屋をやっているだけでは正確な所が摑めない訳でその算盤を弾いて貰うのにも川本さんならば安心だった。そういう話を勘さんと甚兵衛でしたのだったが既に勘さんは川本さんの所に一度行っているのだったから今度の相談にも勘さんが行けばいいだろうということでその日は別れた。

その後に勘さんに会って聞いた話では川本さんの所に行くと忙しそうにしていて時間がその日は余りないが近いうちに勘さんの店に来ると言ったということだったのはこっちが予期していないことだった。勘さんの相談に乗るか或はそれを撥《は》ね付けるかどっちかだろうと思っていたので第三者が或ることに就《つい》てどう出るか考えている時によくそういう所で計算が狂うことになる。併し勘さんの店の場所をかなり詳しく聞いていたということなので川本さんに来る気は少くともその時はあったのだろうとこっちは思った。勘さんは余り当てにしていないようだった。今から思うと自転車が出来上ったということで勘さんはその道の職人並に満足していたのではないかという気がする。その仲間も大体はそんな所だったのに違いない。そういう風にその自転車は作られたものだったからそれは皆のものだったことになるが自転車はその後も勘さんの店に置いてあってこっちも何度か見ているうちに乗りたくなって乗らせて貰った。

それが売りものではないのでフレームも泥除けも黒く塗っただけで磨いてあるのも感じがよかった。又しっかりしている割りに軽いのがどういう具合にそうなるのかは勘さんの説明を聞いた所で解りはしないのに決っていたが軽いことは確かで自転車は乗った時よりも手で持って見て軽いのが掘り出しものだという感じに人をさせる。そのブレーキは勘さんが言った通りのものだった。又その変速装置はその頃のことだったから日本で出来た最初のものだったのではないかと思われて外国のがハンドルに小さな盤が付いていてその上を針を動かすことで速度が変る種類だったのに対してこれはやはりハンドルに付いている管に嵌《は》めた取っ手を廻すことでギヤと後輪の軸内にあるギヤの率が変った。これもどういう風にそうなるのかその時も聞かなかったから今でも解らない。尤《もっと》もこの変速装置というのは普通の自転車に付いていないものでそれがなくても充分に走れるのだからその時もペダルを同じ回数で踏んでいて自転車の速度が変るのにはただそれだけの興味しか覚えなかった。それよりも東京の砂利道の上もそのように気持よく走れる自転車は始めてだった。

そうして一度乗らせて貰ったことで漸《ようや》く勘さんがいい仕事をしてこれは祝わなければならないという気になったのだから妙なものである。併しそれでは具体的にどういう形でということになると勘さんといつも行くような所に又勘さんと行って勘定だけこっちが引き受けるのでは代り映えがしなかった。又勘さんが知らない例えば柳橋の鰻屋辺りに案内しても場所に馴れなくて勘さんが落ち着かないかも知れなくて名案とも思えなかった。それで自分の所に呼んだらという考えが浮んだ。これも明治以後のことなのかどうか人を自分の家に呼ぶのは我が国では略式のことになっている。併し料理屋というようなものがそう大昔からあった訳がないのであるから明治以後のことでなくても何かの意味で客をする時は料理屋という習慣もそう昔からのことでないと見なければならない。例えば江戸時代の大名達はどうしていたのか。併し序《つい》でに言えば明治以後と思われるもう一つの理由はこれもこの変動があった為に人の生活が昔のようでなくなったということは要するにそれが崩されて礼式の観念からすれば自分の家が人が呼べる所でなくなったと考えられることにある。今はもう人手がなくてとか庭を売ったのでとかいうことで客をする時には料理屋になったのではないだろうか。併しそれは自分で自分の生活があるのを否定することに他ならない。鉢木という謡曲の意味はそこにある。

勘さんならば略式というようなことを気に掛ける必要がない間柄だった。併しその種の懸念よりも勘さんがおしま婆さんの家を知っているかどうかということは別としておしま婆さんとは同じ町内の誼《よしみ》で親しくておしま婆さんならば勘さんをもてなすのにどうすればいいか心得ているだろうということがあった。それにおしま婆さんの所ならば勘さんも来易い筈だった。そういうことが頭にあっておしま婆さんに相談して見ると前に鯛の刺し身を御馳走してくれた経緯もあって乗り気なので後は勘さんと日取りを決めるばかりになった。そして勘さんに話すと川本さんとの交渉よりもこの方が嬉しそうに見えたので安心した。そう言えば勘さんが自分で向きになって話をする以外にその自転車のことで嬉しそうにしたのはその時が始めてだった。或は文士も自分が書いたものを活字で褒められた時はそれが当っているいないに拘らずそんな風にいい気持になるものなのかも知れない。

その日も小雨が降っていて二階の部屋の電燈が明るく見えた。いつもは窓の脇にある机が床の間の前に持って来られてそれがその晩の御馳走を並べる台になった。おしま婆さんと勘さんに何を出すか相談していて鯛の尾頭付きは初めから決っていたことだったが、その他には勘さんが好きなものならばビフテキでも豚カツでも何でもと言うとおしま婆さんが勘さんはおからが好きなのだと教えてくれたのはこっちにとって新知識だった。その尾頭付きとの取り合せは構いはしなかった。それから大豆と昆布を煮たのだっただろうか。兎に角全部が並ぶと机の上は相当な御馳走に見えてそれまでに勘さんとこっちは飲んでいた。おしま婆さんも料理を何か運んで来ては暫《しばら》く話をして行った。勘さんがそこの座に納ってからおしま婆さんが入って来てその挨拶がお芽出とうございますでなくていらっしゃいだったのも当を得た心遣いだった。お祝いの御馳走でも勘さんを窮屈にさせることはなかった。それでそこまで戻って、

「いらっしゃい、」とおしま婆さんが言って勘さんに先ずお茶を出した。

「お世話になります、」と勘さんが言ってお辞儀をした。

「おからを作って置きましたよ、」とおしま婆さんが言って勘さんがこれから牡丹餅を貰う子供のような顔付きになり、おしま婆さんが出て行ってから、

「ここのは小海老が入っているんだよ、」と説明した。「あれは小海老が入っていなけりゃ

ね。」それで自転車の話は暫くそのままになって食べもののことを言っているうちにおしま婆さんがお膳のものを持って来て勘さんに酒を注いだ。その頃は酒屋に行くと酒を樽から壜に移して売ってくれた。おしま婆さんがそのままそこに坐っているので勘さんが乾した杯に注いで出すと器用に空けて返してこっちはおしま婆さんが飲まないのか飲めないのかどっちなのだろうと前からの疑問が又頭に浮んだ。そういうことは妙に座を浮き立たせるものでこっちは、

「本当は樽を届けさせてもよかったんだけれど、」と始めてお祝いのようなことを言うことが出来た。

「戴いても置く所がないよ、」と勘さんがそれを受け流した。「それに甚兵衛が直ぐ傍なんだものね、今日のように御馳走になるのじゃなけりゃあすこに行って飲んだ方が早いよ。」

「併しあの自転車はいいだろう、」とそこから勘さんも急にそのことに話を持って行った。

「世界中にあんなのはないだろう、」と言ったこっちがまだ酔っている訳がなかった。「もし横文字で名前が付けられるのだったらネック・プルス・ウルトラでも可笑しくないと思うけれど。」

「ウルトラ号はどうかね、」と勘さんはそのことを片仮名の感じの上で考えているらしかった。勿論その頃はそういう言葉をまだ日本で聞かなかった。「どこか少し弱いか。これ

はやはりあの古木さんに聞いた方がいいかも知れない。」実は古木君もその晩呼ぼうかとも思ったのだった。併しこれは勘さんのお祝いでいつかは古木君にお祝いをする時もある筈だった。おしま婆さんがまだいるので今度はこっちが差そうとするとそれを断って、「私が飲まないことは御存じでしょう、」と言った。「さっきのは御祝儀にだったんですよ。」それでお祝いの言葉がすんだと考えたのかおしま婆さんが部屋から出て行った。「名前を付ける所まで行くかどうかね、」と勘さんが思い出したように言った。「あの通りかあれ以上の自転車が作れるのじゃなければ売りに出すのは意味がないよ。兎に角自転車には違いないっていう程度のものならば他に幾らでもあるんだから。」「それはそうだよ。もしあれが自転車でなければ、」というのはこっちが前から思っていたことだった。「例えば噴射式の発動機を付けた飛行機か何かだったらば出来上って飛んで用に堪えることが解っただけで大したものだろう、まだそんなものはないけれど。後は他のものに任せて置けばいいのさ。併し本当はね、」とこれもこっちがその頃気が付いたことだった。「自転車だって貴方達がやったようにして作らなけりゃいけないんだよ。まだ国産の自動車ってものはないけれどそれが出来てもなるべく早く商品になることばかり考えていれば、その点は日本の自転車がそうじゃないか。それが自動車だってせいぜい所謂《いわゆる》、欧米並のものをやたらに作ることになるだけなんだ。日本のチーズが何故まずいか知っているかね、」とこっちはそれまでの話が少し鼻に付いて来て横道に逸れた。

「作り方が下手なんだろう、」と勘さんが言った。

「そうじゃないんだ。その技術は恐らく優秀なんだろう。所があれは本式に出来上るまでに時間が掛って日本でチーズを作り始めた時にそのことが評判になってまだ出来上らないうちにその最初の分を市場に出しちゃったんだ。それをチーズだと思って皆が買うからもうその時間を取り返すことが出来ないでいるんだ。もっと待つのは贅沢だとか何だとか言うんだろう。それならばチーズ自体が贅沢なものであったっていいものじゃないか。」

「何だってそうだよね、」と勘さんが言った。

「そう、だから自分にとって何がなくちゃならないか決めなくちゃ。」それで酒が旨くなった。その酒もなくてもいいもので従って人によってなくてはならないものだったからか。まだ外は雨が降っていることが偶に聞える樋《とい》の音で解ってその日はいい晩になりそうだった。おしま婆さんが尾頭付きを持って現れてそれから何かと料理が運ばれた。そのどれかを持って来ておしま婆さんが考え直した様子でもなくて、

「お祝儀にね、」と言って空になっていたこっちの杯に注いでくれた。

「この酒は上等ですね、」とこっちは杯を返す代りに言った。

「いつもと違ってですか、」とおしま婆さんが言った。それで他の時の酒がどんな味だっ

たかどうしても思い出せなくて他の時はおしま婆さんがいるので飲む積りで飲んでいなかったことに気が付いて、

「いつもはそう飲まないから、」とごまかした。「他のことに気を取られているんですよ。」

「今日はお祝いですものね、」とおしま婆さんが言った。

「確かにあの自転車は祝ってもいいよ、」とこっちは勘さんに言った。

「どうして自転車が道具になっちゃいけないのかね、」と勘さんが言った。「例えば又とない鉋《かんな》だとか鋸《のこぎり》だとかいうものがある訳だろう。それならば自転車だって一つだけあってもいい筈じゃないか。」

「その限りでは又とない旋盤っていうものだってあるのかも知れない、」とこっちは言った。「昔は武士の表道具ならばそれこそ又とないもの、或は嘘でもそう思いたいものばかりだったんだろう、明珍《みょうちん》の冑《かぶと》だとか何だとか。所が今日では凡《すべ》ては商品でと思った途端に日本の産業は駄目になるんだよ、もしその考えが行き渡ればね。」それもお祝いの言葉の一部であることを知っている顔付きをしておしま婆さんが聞いていたのはこれも呑み込みが早い方だったからでそれでこっちも、

「兎に角道具でも何でも自転車が一台ある、」と続け易かった。

「本当は一台だけでなくてもいいんだよ、それよりも扱い方の問題でね、」と勘さんが言

った。「大事にすれば自転車だってその自転車になるんだ。」

「庖丁だってそうですよ、」とおしま婆さんが言って出て行った。そして運んで来たのがおからで勘さんが直ぐに自分の皿を引き寄せて暫く食べていてから、

「日向ぼっこをしているような気がするね、こういうものがあると、」と言って笑った。

それから何が出たのだったか、そういう風に色々と料理が運ばれて来るのが宴会料理ということに今ならばなりそうであるがそれは料理屋の商売が出来てからのことである筈でその商売が普通のことになったのは人間の歴史の上からすれば極《ご》く最近のことであり、その前から人間は互にもてなし合っていた。いつも御馳走ばかり食べていられないから祝いごとがあるからとか客が来たからとかいうので御馳走を作って出してそれは食事をするということの延長で明るくて愉快で豊かでなければ御馳走することに意味がなくなる。それが料理屋でのことでもそうであって勘さんをおしま婆さんの所に呼んだ頃は寧ろ家でそういうことをやった方が念が入れられて御馳走になった。又今はそうでないというのも人間がその後に変った訳ではないのであるからその理窟は通らなくて単にこれは我々がこの頃は御馳走にあり付き難くなったということに過ぎない。その晩は外では雨が降っていて勘さんが好きなおからはこっちが食べても旨かった。そのおからが酒の肴になることもその晩発見した。これはかなり甘いものであるから辛口の酒が一層辛く感じられて味を増すので

ある。

「冠者五六人、童子六七人、」とこっちは酔いが廻って来たせいもあって言った。

「それは何なんだね、」と勘さんが聞いた。

「よく覚えていないけれど要するに男と男の子ばかりでどこかに遠足に行くようなことだった。併しそれがその人間に言わせるとその一生の願いだったというのはどういうことなのかね。それともこれは日曜日だか何だかが来る毎にそういうことをしてそれでもう充分だったということなのだろうか。」

「そういう話ならば解るがね、」と勘さんが言った。「それ以外に一生の願いなんていうものがあるのかと思う。そんなにしたいことがあるならばやっちまえばいいじゃないか。」

併し古木君は外国に行きたがっているとはこっちは言わなかったが、そのことが頭に浮んで困ったものだという気がした。何が困ったものだったのか。どうしてもしたいことがあってそれが難しいこともあるというその状況が困ったものなのかも知れなかった。そうなれば人間はただ困る他ない。併し勘さんが言う通りにでなくても兎に角そのやりたいことをやってしまった後はという所まで来て古木君は食べものは何が好きなのだろうかと思った。それがおからでも里芋を煮たのでも古木君という人間の感じからしてやはりそのうちにその好きなものを前に日向ぼっこをしている積りになるような気がした。まだ外国に行くのに船の乗組員に雇われて船賃の代りにするという手が他にあった。併し仮にそれで古木君が出掛けて行って戻って来てもその苦心談が一生の手柄話になると言ったことは古木君に就て考えられなかった。誰よりもでなくても古木君も時間がたって行くものであることを知っている筈だった。

勘さんが来た晩から何日かたって勘さんの店のものが使に寄越《よこ》された時も旨い具合に家にいて川本さんが来ているからというので行って見るといつも和服の川本さんが背広を着て店に立っていた。併しいつまでもそうしてはいなくて店にあった例の自転車のハンドルに手を掛けると片手でスタンドを外してこっちに向って自転車を走らせて来た。勘さんの承諾を得てのことであることは解ってまだ店まで行き着かないこっちと擦れ違う時に川本さんは手を振ってそのまま路次が下り坂になっている方に自転車を進めて行った。

「乗って見たいんだって、」と店にいた勘さんが説明した。

「気に入れば売ってくれっていうことになるだろうか。」例えば冷やかしにどこかの店を覗いた時にもそういうことは起る。

「そう簡単には決められないじゃないか、」と言った勘さんが機嫌がいいことから店で川本さんに自転車を褒められたことを察した。併しそれから勘さんと無駄話を始めてかなりたって電車通りの方から川本さんが戻って来て言葉の上ではこっちの予想通りに、

「これを売って下さいませんか、」と勘さんに自転車から降りながら言った時にはその意味が違っていることに気が付いた。それが言葉は同じでもそういうことの言い方が一つしかない訳でもなくて川本さんはどういう具合にかその自転車を作ったものの仲間に入れてその型の自転車を市場に出すのに一役買わせてくれと言っているのだということを聞いているものに感じさせた。併しそれも商談には違いなくてそうなると次には甚兵衛に行くことが想像された。その辺でそうした話が出来る馴染みの店が勘さんにとってはそこであることを知っていたからでもし行くのだったらばこっちもそうするのが本当かどうか判断に迷った。勘さんの自転車に就ては勘さんからしか何も細かなことは聞いていなくて商談のようなものにこっちが割り込む余地はなかった。併しその意味では川本さんが勘さんの店に来たのにこっちは初めから立ち会うことはなかったのでそれなのに勘さんが使を寄越したのはただこっちの方が川本さんと親しいと思ってのことだったのだろうか。それならばそれで後は宜しくというようなことを言って甚兵衛でもどこでもの話は二人に任せて帰る手があった。そんなことを考えていると川本さんが案の定そういう場所がその辺にないか聞いて勘さんが、

「あすこはどうだろう、」とこっちに言ったのは一緒にという意味にしか取れなかった。

まだ午後になったばかりの頃で甚兵衛に他の客はいなかった。併しいた所でそこで始っ

た話は密談のような性質のものでなくて三人で飲み出して勘さんがこっちを呼びに人を寄越した意味が解った気がした。つまり、いつもと変らない酒の席でもし何か言うことが川本さんにあったらばそれを聞こうというのである。

「もし貴方がよければ損をする積りであの自転車をもう少し作って見ませんか、」と川本さんが飲む合間に言った。「それならば私の方も損をする積りで金の方でお手伝いします。あれを一台にして置くのは惜しい。」それが川本さんの本音のようだった。

「仲間のものに聞いて見なければね、」と勘さんが言った。「尤も金の方がどうにかなればもっと作りたいだろうとは思うけれど。」

「その金の方でお手伝いするだけでいいんですよ、」と川本さんが言った。「別に儲ける積りでなくて、或は初めから儲けようとしなくてあれを或る程度作るのに小さな出来合いの工場の売りものだってあるでしょう。それにそれで作ったものを売るのだって貴方達の方が詳しい筈だ。例えば問屋から買う代りに売り付けりゃいいんじゃないだろうか。」

「問屋がびっくりするでしょうね、」と勘さんが言って笑った。「どこかから盗んで来たんじゃないかなんて思って。」

「それじゃ会社設立の手続きもこっちが引き受けますか。」そんな調子で話が進んだ。尤も進んだと言ってもそれが議題になってという風にでなくて川本さんはこっちと飲むのが久し振りだという気持を初めから漂わせているのでこっちは黙っていても二人がしているのが世間話に聞えた。或は川本さんも昭和になってから日本にもいるのが解るようになった金持、或は実業家の型だったかも知れない。それまでは金というのは世間に僅かしかなくてこれを所謂、国の為に使うのでなければ兎に角確実に殖やして行かなくては勿体ないものであることになっていた。これはその頃になって漸くそれだけ余裕が出来て来たということなのか。併しその頃と今と現在のように下落した金の多寡を幾ら計算してもどっちの方が豊かと言えるか解ったものではない。ただ一つだけその頃ならば何に付けてもその金額を言う必要がなかったことは確かで川本さんも我々から見れば金持であるよりは単に金がある人間だった。

「昼間からこうして飲むのも久し振りですよ、」と川本さんがこっちを向いて言った。その前に川本さんと飲んだのはいつだったのか。何かの都合でその息子さんの勉強を見に行って川本さんの他に誰もいなくてその家の応接間でウイスキーでもてなしてくれた時かも知れなかった。そこは飲むのに適していなくて甚兵衛では人間が飲んでいる感じがした。こういう店が今の東京に何故なくなったのか幾つか理由を考えて見ても結局の所は解らない。例えばそれは土とか木材とか鉄の釘とかいう極く普通のものが東京になくなった為なのか。もしそれが本当にないのでフタロシアニンという風に片仮名を並べて書く他ない代用品を使って床を張り、又器具を作って今日の食べもの屋のようなものが出来ることになったのならば土もない荒涼たる状況でのそういう設備には現在のただ落ち着かない感じとはもっと何か別なものがある筈である。併しまだ土も木もあるうちにそのトリニトロトルエンと言った代用品が喜ばれて東京からおでん屋までが姿を消したのならば、もしそうならばその片仮名の代用品はどういう理由から喜ばれたのか。それだから確かな所で甚兵衛の店に戻る他ない。

「いつもの時間にいつもと違ったことをするのはいいことなんじゃないですかね、」とこっちは言った。「その昔学校に行ったりしていたことがあるのを思うと妙な気がする。」

「いやで仕方がなかったんですか、」と川本さんが川本さんの学校時代を思い出しているように言った。「それで丁度いい具合にそれが中学で終るのかも知れない。併し大人になってからでも忘れることがあるんですよ、例えば飲むのは昼間でも出来るんだっていうようなことを。」

「お宅の傍に飲み屋がないんじゃないんですか、」と勘さんが新説を立てた。「この間お話ししに行った時はそういう所が目に付かなかった。」

「いや、家を出るのが億劫《おっくう》なんじゃないんですよ、」と川本さんはそれを屋敷町に住んでいる意味に取って言った。「それじゃ家の塀が自分を閉じ込めていることになる。そうじゃないんだ。」それは川本さんがそうはさせないという風に聞えた。「ただ幾ら壊しても又生活の殻のようなものが出来て来る。それが貴方と私の違いなんですよ、」とこれは川本さんがこっちに向って言ったことだったから聞き返す顔付きをする他なかった。

「仕事で生きるか、生活で生きるかですよ。何かが面白くてやっているとその方が面白くなる。併しそれが目鼻が付く所まで行くのにそんなに時間は掛らないでしょう。それで又別なことを始めて何かそういうことをやっているうちに例えば釣りに行った先の川や魚に日取りなんていうものがないことを忘れる、どうしてもね。それでこれはと思っても今度はそれまでやっていたことの方がこっちをほうって置いてくれないことにもなる。そういうこともあるものなんですよ。」

「なさっていることが大き過ぎるんでしょう、」と勘さんが言った。「そうでなければそんなに仕事と暮しを区別することはないんじゃないだろうか。例えば、」と後を振り向き掛けて黙ったのはここの店のようなものをやっていればと言おうとしたのであることが解った。

「そう、」と川本さんが答えた。「手の仕事をやっていればね、それで精神も働く。そうならない手の仕事もどんな仕事もないんだから。所が頭を半端に働かすだけの仕事っていうものもあるんですよ、大きいとか小さいとかの問題じゃないんです。これをやっていると頭が麻痺するのを気を付けなけりゃならない。」

「頭一方の仕事はどうなんですか、」とこっちは古木君のことを思って言った。

「そうね、」と川本さんが言った。「それも何かがどこかがまだこなれていないことの材料ですかね。例えばと言って例は幾らでもあるけれど、それならば細菌学ってものは百年前には日本になかった。そして百年前というのは歴史の上じゃこの間のようなものです。その細菌学をやるのは今じゃ別にどうっていうこともないことだけれどやるには大学とか、これもついこの間までなかったものでその大学に行くとか、実験室なんてやはり百年前はなかったものばかりが並んでいる所に出入りしてそれが細菌学の勉強をすることなんですよ。併し住んでいるのはそんな百年前になかった俄《にわ》か普請のものじゃないでしょう。或は百年というのが歴史と言える程のものでないならば住んでいるのは歴史の中なんです。そうすると実験室を出て来て行く所がない訳です。又出て来た所にいる人間も細菌学と言えば医学、医者の一種とは考えない。それで仕事はあっても生活の方でそれを当り前な仕事に見てくれない。その食い違いはあるでしょうね。これは仕事にも生活にも響く筈ですよ。」

「それ程までに考えなくてもいい訳なんですけれどね、本当は、」とこっちは言った。

「そう、だからまだこなれていないんです。これは日本はまだまだじゃなくて実際にまだなんですよ。又それが日本が西洋になることでもない。後もう百年ですか、それとも五十年もあればいいですかね。」

「兎に角併し自転車はもう日本のものでしょう、」とこっちは言って又話が自転車に戻って来た。川本さんがそこにいて別に場違いな感じがしなかったのは確かにおでん屋というのが百年以前からあるものだったからに違いなかった。そして又銀座のことが頭に浮んだ。そこにあるものが少しばかり新しいだけで日本のものになるのに丁度その百年近く掛ったのか。古木君と銀座にいる時はそこが外国である方を見るのだったが甚兵衛にこうしている時はその外国がどの程度に例えばこの店に繫っているかということに注意が向った。それが花の新種でも新種であるにはもとの種からそこまでの経路が大事でこれが誰の眼にも普通の花に見えるまでに固定するにはもっと色々なこととの関係がものを言うことになる。そうすると勘さんの自転車が貴重なものに思われて来て自転車は既に日本のものであり、それが東京の道端の電信柱に立て掛けてあっても可笑しくなくてただそれでも何か不恰好な感じがするものがあるのが勘さんの自転車にはなかった。

川本さんが甚兵衛で場違いな感じがしなくてもそこから三人で又どこか他所へ行くということになるものでもなさそうで日が暮れ掛けた頃に川本さんは店の前で円タクを拾って帰った。恐らく来る時も円タクだったのだろうと思う。それからこっちは又もとの生活に戻った。或はもう少し正確に言えばこっちがそのもとの生活をしている時に勘さんからの使で甚兵衛で川本さんと勘さんと三人で飲むことになってそれが終れば前からの本郷の町とそこでのこっちの生活があったという訳で、ただ一つだけその頃になって変ったことがあったとすればそれは勘さんの自転車を見てからは他所のどうということはない自転車の中古に手を加えて新品に早変りさせたりする気がもうしなくてその商売は止めることに決めたことだった。そういうことをしなくてもコーヒーの卸し売りは充分に繁昌していてその上に横浜で安くて結構飲める紅茶が手に入ることが解ってその方も営業品目に加えた所がこれが評判がよくて自転車の作り変えには益々用がなくなった。

勘さんの自転車の方がその後どういう風に話が進んで行ったのかは細かいことまで勘さんから聞かなかった。大体そこまで行けばこういうことは同業者の間ででもなければ話題になり難いものである。併し本郷にあった喫茶店の一軒からの帰りに勘さんの店で立ち話をしていて勘さんが、

「あれに名前を付けなくちゃ、」と言ったのでそろそろ売り出す所まで来ていることを察した。あれと勘さんが言ったのは自分の仲間のものと作ったのだから勘さんにはそれが生きものだったことが想像される。

「貴方はウルトラとか言ってたね、」と勘さんが続けた。

「片仮名は駄目だよ、」とこっちはその時になって気が付いたことを言った。「そのもとの横文字が片仮名になった途端に力がなくなってそれならば初めから平仮名か漢字の日本語の名前を考えた方がいいんだ。隼号というのはどうだろう、」とこれもその時の思い付きだった。

「犬の名前のようだな、」と勘さんが言った。

「馬だって自転車だっていいよ、」とこっちは言ったが余り確信はなかった。併し片仮名の名前に就ての発見で洋風のものは駄目となれば古木君に聞いたらばというのも無意味だった。

「まだいいよね、」と勘さんが言ったのでその程度までの話の進み方なのだと察し直した。その頃は時間があったようである。今と違ってどうとかがこうとかしたからではなくてただ時間があったようで考えて見ればそれが当り前なのであるから日本で当り前なことを人間がしなくなってから大分たっていることにもなる。併し今の状態が実際の所はどうなのだろうと本郷の店で勘さんと立ち話をした頃は時間があるのが当り前だったから隼号だか何だかが名乗りを上げるのはまだ先のことだと安心してそのことを忘れた。それが自転車でもその型が決って作られて売りに出される一つの動きというのが愈々《いよいよ》起るのは慌しいことでもし始業式というようなものがあるならばそういうものに呼ばれたりするのもなるべくまだまだと思っていられる方が楽だった。殊にそれが自分でなくて友達のことならばで自分が考えたことを実行に移すというのならばその時間のやり繰りも自分で出来る。

それで勘さんにとっても何も問題はなかったに違いない。いつも同じ顔をして店にいて二人とも暇な時には甚兵衛にでもどこにでも出掛けた。併し夜明しで飲むのが付き合い始めた頃の一回だけで終ったのは勘さんも仕事をする上で夜明しはこたえるということがあったのだろうか。そして勘さんと銀座にだけは行かなかったのはやはり当時の銀座の性格をもの語るものかも知れない。一口に言えば勘さんとの付き合いで銀座に行かなければならないものは何もなかった。この本郷の友達からすればそこはただ少しばかり毛色が変った町であるだけで支那の青島が外国であることを正確に見抜いた勘さんに銀座の毛色が変っている点が青島に繫るものであることを知ってそれにどういうことを感じる必要もなかった。寧ろそれを知って銀座にその分だけ充実を欠く所があるのを認めることになったのではないだろうか。もし銀座に外国に近くて外国を思わせるものがあったならば外国に近いものよりも外国の方がいいのに決っている。

或る時勘さんの店の前を通ると例の自転車が一台でなくて三台店の中に並び、そのうちの二台はまだフレームに巻いた紙が全部は剝いでなかった。勘さんはそれを見ているこっちの方を見たが二人が顔を合せても事情は明かでお互に何も言うことはなかった。まだだと思って安心したり逆のことを心配したりすることはなかったので自転車はいつの間にか作られ始めて市場にも出ていると見てよさそうだった。　初めに勘さんの店に置いてあったのは試作品らしくただ黒く塗ってあったが今度はフレームと泥除けに細い金の線が入っていてフレームの席の下になる辺りに隼という字がやはり金で細い金の線を中断していた。

「川本さんに言ったらやはりそれがいいんだって、」と勘さんが始めて説明した。

「横文字を入れなかったのも上出来だよ、」とこっちは褒めた。「どうも片仮名と横文字を使い過ぎる。」

「そうだな、」と勘さんが言った。「この間たわしに何か書いてあるのを見たらばたわしっていうローマ字なんだ。」

そうすると自転車の一件に就てはこっちに関する限りでは凡《すべ》て片付いたことになった。どこかに工場が出来て自転車を作っているものと思われてそれをやっているのが会社でその会社がどういう組織になっているかというようなことはこっちが知ったことではなかった。兎に角勘さんが社長になって、或はそれになった為に車を乗り廻したりすることにならずにすんだのは見れば解ることで勘さんの本郷の店は安泰であると考えてよさそうだった。もう夏で隣の店が冬の間は焼き芋屋だったのが氷屋に毎年の商売替えをしていてその店と並んで勘さんのがこれからもそこにあることになると思えば何も言うことはなかった。

それがやがて戦争が始ってというようなことは話が違う。その気配さえもないのにいつどうなるか解らないと言った気持でがたつくから町の眺めも一定しないのでありもしないことの為にあることまでが視界から消えてやがてその通りの空白に人間が取り囲まれるに至り、これは戦争の惨害よりももっと寒々したものである。

もう夏で本郷の緑が涼しかった。その頃の東京は夏になるといなくなる人間とその間中いるのの割り合いが一定していたようで丁度いい位にいなくなるのが涼しさを手伝う感じだった。又その点が同じ頃のパリでかなりのものがパリを離れた後でまだ各国からの観光客が押し寄せて来ない初夏の短い一時期に似ていた。そしてパリと違って東京が都会でありながらパリよりも遥かに田舎に近い感じがしたということもある。パリの街路樹は昔から念入りに育てられて来たもので明かに街路樹に見えるのに対して東京のは寧ろ木立ちの間を道が通っている趣があった。又パリのように公園がない代りにどこの家にも庭の地面が取ってあるのが普通で庭には木があったから本郷でも先ず目に付くものは建物よりもそれを囲む木だった。又その上に東京で少し歩いて行って水が見えない所というのが先ずなかった。そして考えて見れば木も水も初めからあったのでなくてこれも人間が入念に工夫したものであり、これがそこに住む人間の意志から出たことだったからそれが自然でもあった。先ずセーヌ河に沿ったパリの部分がその頃の東京だったと言えるだろうか。

その木や水が夕立ちを呼んで今になって夏休み前でも温度が三十度を越えると小学校が休校になったことを思い出した。又それでもう一つ思い出したのはそれだけの水があって東京の中心部に蚊がいなかったことである。これはその水が流れていた為かも知れない。それで蚊取り線香の匂いが懐しくて古い池があったりする家では今では民芸品とかいうことになっている豚の恰好をした素焼きの蚊遣りで蚊取り線香を焚いたものである。そして夏にも音があった。それが今日聞けなくなったのはこれは何故なのか見当も付かないが夏の日が暮れると涼しさに夜気が漂うという具合に虫が鳴くのを越えてそれは或は沈黙だったかも知れないものが聞えて来た。それがその辺一面を満して空に向って昇って行くようでその原因が今でも解らないままに結局の所は夏の夜に音があったと考える他ない。或はそれは現在も聞えて来る筈でただ日が暮れると涼しくなるどころではない熱気が今はその音から我々の注意を逸らせているということもあり得る。

兎に角夏は夏で東京で暮すことが出来た。それが人口が五百万になったことが取り沙汰される程度の町でその又一部がいなくなることから来るいつもよりも更にひっそりした感じが手伝ってでもあって日光が砂利道に照り付けるのが夏の昼の音を聞かせた。これに豆腐屋の喇叭《ラッパ》の音に加えて金魚売りの呼び声や定斎屋《じようさいや》の音まで添えることはない。この東京の夏を支配する沈黙とも音とも取れるものがあって金魚売りの呼び声もその夏の響を発したので夏だと思えばそこに自然に夏の生活があった。又それがあって通行人が着ている浴衣が夜目に白く見えて下駄の音が冬とは違った一種の騒々しさで聞えて来た。どう考えてもそれが東京という町の生活だったのでそれで夏だというので冷やした酒というような剣呑千万なものを飲まずに冬と同じお燗した酒で夏も通せたことが解る。そこに自分の生活があってその調子が四季の変化に応じて保たれていればその変化は避けるものでなくてそれを迎えるのも生活であることになり、その上で避暑地まで出掛けるのは夏に旅行しているることでしかない。

川本さんもどこかそういう所に行っている筈でその上にもう当分は用もなさそうだったから甚兵衛で飲んだのを最後に暫くはそれ切りになった。古木君はどうしたのか、その下宿まで行ったこともなければ東京の人間だということも聞いていなくて何となくただ夏になった頃から顔を合さなくなっていた。もし国があるならばそこに帰ったのかも知れず又その頃は本を持って山奥の温泉のような所に行って試験勉強をするとか卒業論文を書くとかいうことをするものがいて古木君ももう四年になったのならばどこかのそうした温泉場でプルーストと取り組んでいることも考えられた。尤も古木君がプルーストをやるということも当人からそうと聞いたことはなくてただプルーストのことがよく話に出て来るので先ずそんな所かとこっちで勝手に見当を付けていただけだった。併しもし実際にプルーストのことを書くならば飲んでいる時の話と違って古木君の頭に拡ることになるのがどんなものなのか想像するのが難しかった。まだしもそれならば銀座で書いてはという気もした。

プルーストを知るのにベルグソンを知る必要がない辺りのことは古木君も既に卒業していた。又人間が書いたことならば人間に解るということもあった。併し日本の漢学、或はヨーロッパの古典学と違ってプルーストはその頃死んでから十年たったかたたないかの人間でそのフランスは古木君と甚兵衛で飲む現在のフランスだった。これが誰か古典学に属する人間ならば古典学を修める上で得た知識で例えばプラトンの対話篇を読んでいてその時代のアテネを、それが「饗宴」ならばソクラテスが何人かの飲み友達と相談してその晩は帰って貰うことにする笛吹きの女というのがどういうものだったかまで頭に描くことが出来る。併し現に或る国で書かれているもの、或は書かれたばかりのものに就てその国での生活が対象の学問というものはなくて知識は同時代に書かれた他のものからの類推に頼らなければならず、それがフランスならばフランスの景色にやたらに教会の建築が現れるのが宗教でなくて日本に建っている寺と同じ意味でのフランスの教会であることを知るまでに時間が掛る。又その為に誤解が生じるのでなくて時間が掛るというのは日本の景色に寺や鎮守の森が見えるのと同じ具合にフランスで方々に教会の尖塔が立っているのだと納得することが結局はそれを想像するばかりだということに突き当ることでそれがそうである他ないのはやはり時間が掛ること、つまり神戸からマルセーユまでの四十日間が日本とフランスを距てているからだった。

これは古木君自身が何度も話したことだった。併し実際に机に向ってでも何でもプルーストの小説の世界を一度もそれを、或はその舞台を見たことがなくて日本で築くというのがどういう性質の作業なのか甚兵衛や資生堂を離れて考えて見れば理解するのに手に余るものがあった。それと同じことを他のものがしたと言っても漱石がその英文学論と称したものがみじめなのは日本で英国のことはそっちのけで英国に就て勉強した結果の前には英国まで行って見て来ることも無力だったことを示している。古木君が漱石に、そして又荷風になる心配もなかった。併しもし信州の高原かどこかでプルーストのことを書いたり考えたりしているのならば何よりもそういう場所とフランスの眺めの違いが頭に浮んだ。ヴェルレーヌが風景を扱った詩には見事なのがあってフランスに行ったことがなくてもそこにフランスがあるのを感じる。それが夜になったことを告げて空に現れる金星であり、又森に向って響いて行く日本でならば先ず聞くことがない角笛の音である。古木君はそういうものを読んでは、或は読んだ記憶に即してプルーストがその小説で書いていることを補っているのかも知れなかった。併しもしその上で眼に入るのが信州の草原や日本の東部のものとしか思えない浅間山の線ならば安易な代用を排する限りそこに日が暮れて夕方になるのが寂しいとももどかしいとも付かないものに感じられるのではないかという気がした。そして一度そのまだ見たことがない外国に行って戻って来れば浅間山も自分が見た山の一つになって外国の山は外国の山で別に思い出し、それでただ日本が世界の一部であることを確認するだけなのだから妙なものだった。古木君と話をしていてそれで女とのことが引き合いに出されたこともあった。併しそれならば外国に行って帰って来るのもただ日本の位置を確めるだけのことでないかも知れなかった。是非とも古木君を一度フランスに行かせて見たくて又その方に頭が働き始めた。

六

秋になって日が早く暮れるのでそれまでにない時間に町の明りが目に付いて飲みに行く気を起させた。別におしま婆さんに対して悪いと思うこともなかった。ただ折角そうでない積りで晩飯の支度をされたりしてはいけなかったからそこは町の明りが早く目に付きそうな日は手廻しよくその日は晩飯を他所ですることを言うとおしま婆さんが、「秋ですものね、」と酒飲みのようなことを言うのでそれでけりが付いた。その頃は日本橋の丸善の近くに、もう少し詳しくその場所を説明すればそこの電車通りを反対側に横切って路次を二つ三つ曲ると小料理屋とも飲み屋とも考えられる店があってそこも後になって時々思い出すような酒を客に飲ませた。その頃のそういう店は大概は土間で木の細長い机と腰掛けが並び、そこの店は入った奥の店の主人がいる所に銅壺《どうこ》に湯が煮立っていて酒を頼むと錫《すず》のちろりに酒を注いでその湯でお燗をして出した。寧《むし》ろそこは料理屋よりも飲み屋と言った方がよかったかも知れないのはその店で料理を食べた覚えがないからであるが付き出しが鮪と葱のぬただったり飯蛸の煮たのだったりしていつも違っていてそれもそこに行く楽みの一つだった。

そこが甚兵衛のような所よりももう少し上等な店の感じがしたのは今となっては説明し難い。それがどこの店も見た所は先ず同じ構えでその点で細工したりすればいや味になり、そう無暗にものの値段に差が付く訳でもなかったからただ店で出すものの味や大体の感じから上等に並に最上という風に区別する他なかったので又どこかの店に入って自分がもっといい店を知っているとか普通はもっと悪い所に行くとかいう顔をするのが禁物だったことは言うまでもない。兎《と》に角《かく》その丸善の近くにあった店も甚兵衛と同様に、ただ少し違った意味でいい店だったのでそこで秋になった或る晩飲んでいると川本さんが入って来た。それがそこでは始めてのことだったからこれは川本さんがそこの常連でこっちは偶《たま》にしかそこに行かなかったということだったかも知れない。或る店の常連とそうでないものの区別位は何となく解るものである。或はその頃は常連というものがあったからそれが解った。川本さんも秋の夜に誘われて飲みに出掛けて来たようで相手があればなお結構という顔付きで机の向うに腰を降した。それで夏になった頃に甚兵衛で飲んで以来の二人の間では空白だったものが埋った。又それで話がその時していたものに自然に繋って川本さんが、「昼間は仕事をするものだという観念があれば夜は自分のものだということにもそれがなるんだからそう窮屈なものでもないですよ、」と言って笑った。

「普通はお忙しいでしょうとこういう時に言うんでしたっけ、」とこっちはその時にそのことに気が付いた。

「何がそんなに忙しいんですかね、」と川本さんが言った。「あれは粉骨砕身なんていう言葉がいけないんじゃないんですかね。そんなことをすれば死んじまうことは解っているじゃないですか。あの日夜何とかするだとか寝食を忘れるとかいうのだってそうですよ。皆漢文に瞞《だま》されているんだ。」

「そして支那人はもっと悠長でしょう、」とこっちは言った。「或はもっとちゃんとした暮し方をしている。だから少し詰めて仕事をしなければならなかったりすると粉骨砕身というような言葉を考え出すんじゃないでしょうか。」

「それからもう一つは日本の学者らしいだの軍人らしいだのっていう考え方ですよ、」と川本さんが言った。「そうすると寝ても覚めても軍人だとか学者だとかどこかの会社の社長だとかでなければならなくなる。」それでどういうのか勘さんのことをこっちは思い出したが別にそれに就て言うこともない気でいると川本さんが話を飛ばしてのように、「あの自転車も旨く行っているらしいじゃないですか、」と言った。そしてそれに、「あれは新風なんですよ、本当を言うとね、」と付け加えた。「昔は職人がそういう気持で仕事をしてそれで暮していたんです。所が機械を使うようになって何でも無暗に沢山作らなければという風なことになったんですよ、どうしてかっていうことも考えないで。それで年に五、六台しか出来ない自動車もヨーロッパにあることが解らないでいる。」そうするとここで古木君のことを言ったものなのだろうかとこっちは考えてそれまで確かに古木君と川本さんを結び付けて見たことはなかったと思った。併《しか》しそれも余り雲を摑むような話なのでそれよりもこっちの気持に任せて、

「今のヨーロッパは変ったんですかね、」と言った。「例えば大戦が終った頃と比べて。」

「同じですよ、」と川本さんが言った。「もう廃墟は見えないけれど。」それから何か考え始めたらしくて暫《しばら》く黙って飲んでいた。その廃墟ならば曾《かつ》てはパリのシャンゼリゼーの近くにもまだ残っていた。川本さんが変っていないと言うのならば最近行って来たことになって又ヨーロッパがそれだけ近いようでいて却って遠くにあるものに感じられた。何かヨ

ーロッパを近づける働きをすることに出会う毎にそうで銀座の紀伊国屋に並んでいるフランスの新刊書を見ればその活字の形にしてからが明かにフランスのもので従ってそのフランスは現にあるのでなければならなかったが頭で考える上ではそうでもその頭にあるフランス、例えばパリの建物が与える煤けた石の表面という印象、或は広告の大きな活字で蔽《おお》われた新聞の売店が今でもあるというのがどこにあることになるのか、それが鮮かに記憶に戻って来れば来る程それが今ここにある為には何かまだ欠けているというただそのことだけで今ここにある状態から引き離された。

古木君でなくてもプルーストの問題がそこにあった。或ることがあったのはただあっただけなのか、それともあったから今もあるのか、もし或ることが明確に意識されることがそれが現にある証拠ならば普通は過去と呼ばれているものも実在し、もし一切を刻々過ぎて行く時間に基いて考えるならば何もありはしなかった。従って一般に時間と見做《みな》されているのと別なものをそこに認めなければならないのか。それは自分が現にいる場所では実際には誰もがやっていることでただ昨日あった建物が今日もあるからそれはあると決めるのがその二つに共通なのはその明確な意識だけであることに即しての飛躍であるのを無視しているのに過ぎなかった。併し日本とヨーロッパ程の距離があると眼で確められないというただ一つの事情に邪魔されて意識、記憶、或はその普通のものでない時間の方が信じ難くてそれならばこの現に記憶にあるものは何なのかと足が宙に浮く感じがした。

「少し遠過ぎるということですか、」と川本さんがその時言ったのがこっちと同じことを考えての結果とは思えなくて又それが事実違ったことからだったのが次に、「それには明治の頃には今よりも遠かったということもあるんじゃないですか、」と言ったことで解った。「例えばあの頃の人間が洋行を一度すれば大概はそれ切りだった訳でしょう、それも場合によっては命懸けで一度行って帰って来て。又そうでなくても大変なことだったから洋行帰りは偉いことをした人間だったんですよ。」

「今じゃそれ程でもないですか。」そのことが聞いて置きたかった。

「兎に角もう役人だけが外国に行くのが普通じゃなくなっている。例えば外国と取り引きがある会社の支店が殖《ふ》えているでしょう、それが銀行だけじゃなくて。そのうちにもっとそうなる。それに日本は貧乏だっていうことになっているけれど本当にそんなに貧乏なんですかね。これも明治の頃はそうだったから今でも皆が何となくそう思っているということがありますよ。そして貧乏な国だからそこの国の人間が外国に行かないとか行くのは贅沢だとかいうのもこれもどうですかね。今は用がないものは金持しか行かなくてその金持は贅沢をする積りで行っている。併しその先があるでしょう、」と川本さんが言ってこっちを見た。「もし貧乏でも何でも外国に行くものが今よりももっと殖えてそれを一々洋行帰りと呼ばなくてもよくなった時にその外国は日本からそこまで行くのが大変だった頃のと同じ外国なんだから遠い所にある今の言わば日本の外国じゃすまなくなるんじゃないかっていうことが言いたいんです。」

「外国は実際にあってそれは日本海の向うに支那があるようなものだっていうことですか、」とこっちは言った。

「その日本製の色んな修飾を取っちまえばね。そうすればフランスならばフランスがその通りのものに見えて来るのじゃないか。第一そうでなくちゃ困るでしょう。今の日本でフランスは何なんですか。」

「そうだな、」とこっちは言った。「そこの女が着るものと男が書く小説ですか。」

「それよりも詩でしょう、」と川本さんがその思い掛けない一面を見せた。「併し詩でも小説でもそれがフランスに行けばその辺に転がっている訳じゃない。日本と同じ具合に誰かがそれを書くんだ。そしてフランスが日本じゃなくて人間の歴史も違っているから書くものも違って来る。それをそうは思わないから凡《およ》そ見当外れな受け取り方をすることにもなる。つまり、」と川本さんは説明するのが面倒臭くなった様子で「世界は平たいんだということをこの頃考えているんですよ、」と言った。

「外国人が見たら何と言うでしょうがなくなったらさっぱりするでしょうね、」とこっちは言った。

「それよりも外国人が人間に見えて来た時に明治維新の仕事が完成するんじゃないですかね。そう、」と川本さんとの話も時間の点で邪魔になるものがなかった。「まだこなれるということがありましたね。併しそういうことは皆一つになってそれが出来上る時には出来上りということになるのだろうと思う。それとももうその時には忘れられていますか。」

「それを進める為に人間を一人その外国に行かせるのはどうでしょうか、」とこっちは話が明治維新のことに逸れてしまえば古木君のことを言い出す機会がなくなると思って一気に古木君のことを説明した。

「そういうのが行くといいんですよ、」と川本さんが無造作に言った。「ただ行くだけで違うでしょう。併し折角行くのならば二年もいるとして月に四百円もあればフランスならば充分の筈です。それで二年で九千六百円、往復の船がこれも一等で行った方がいいでしょう、三等は貨物扱いであの二等というのは中途半端で船で外国に行った経験にならない。そうすると一万と少しですか。併しそうか、」と金の勘定で川本さんも頭の働き方が自然に事務的になったようだった。

「そうなんですよ、」とこっちは言った。「その金を仮に貴方が出して下さるとしてもそれをお渡しになる名目がなければ古木君が受け取らないでしょう。それを後で返すと言ったって月何十円かの俸給でどこかに雇われて返せるものじゃない。」

「だから金というのは妙なものなんですね、」と川本さんが言った。「これがものならば何も面倒なことはない。例えば船会社を一つ持っていてパリに貸家があってその会社の船でフランスまで行ってその貸家に住んだらどうかと言えばその学生さんだって受けて下さるでしょう。兎に角それは考えられることですよ。そしてフランスでの生活費なんてそうなればどうにでもなるんで暮し方一つで月に四百円なんて掛らずにすむ。併し金だと、それが金だとどういうことになるんですかね。」

「こういうのはどうでしょうか、」とこっちは言って見た。「金っていうのはもともと汚いものだからその扱い方を綺麗にしなければならないっていうのは。」

「それに対して金が仕事の対象の人達は何と言いますかね、例えば銀行家は。」

「そういうものだからなんですね、」とその時になってこっちはそのことに気が付いて言った。「それが汚いものなんじゃなくて金の世界っていうものが既に出来ているからその世界のことは気を付けなければならないっていうことなんでしょう。併しこういう場合にはそれが面倒なことになる。」

「どうも面倒だよ、」と川本さんがその時だけ酒がまずくなったような顔をした。「いや、それで金が妙なものだっていうのはね、もしものだけのことならば金の方も問題はないっていうことがもう一つあるんです。例えばあの自転車はあれを投資だと思ったのでもいいようなことに現になっているんです。所が人間の頭はものじゃない。殊にそれがそういう一人の人間の頭があるっていうことだけならば金に換算して全く値打ちがないんだ。それも馬鹿な話じゃないですか。」

「そのことから又もとに戻って金なんか何だっていうことでも片が付くでしょう、今の所は銀行家であるのを止めて。」古木君のことはそれ以上進められそうになかった。初めはただ金の問題と考えていたのが立ち入って見れば次にはその金が誰のものかということがあって金に換算しての古木君の能力というようなことは今の所は話にならなかった。又誰もそういうことを望むものはなかった。もしあればそれは無能な人間でそう考えることから又パリが遠くなったようだった。

「貴方だったらば私と一緒に来ますか、」と川本さんが意外なことを言った。それならば又話が違って、

「そういうことになれば面白いかも知れない、」とこっちは答えた。「併しそうするとやはりその条件とか何とかいうことになるでしょう。」

「金じゃなくて今度は条件ですか、」と川本さんが言って笑った。「その表向きの名目は私の秘書っていうことだっていいでしょう、そして実質的にはただ一緒に旅をする。その間

の小遣いは貴方が自分で作れるでしょう。或《あるい》は結局は何かとお願いすることになるならば旅費付きで月給を差し上げることにしたっていいじゃないですか。」そうすると川本さんは近いうちに又出掛けて行くことを考えているのだろうか。それで、

「古木君と違ってこっちは貴方を一種の友達と考えていますから、」と答えたのは嘘ではなかった。併しそれでパリが決定的に遠のいたとも言えた。それまでは又行ける当てもなくてパリとかリスボンとかいう町がまだどこかにあるのか、或はあったのかというようなことを考えていた。併し実際にそこまで行って見るということになると話は別でその時になってパリもリスボンも実在するそういう場所であることを知った。それは川本さんと飲んでいるその晩の店が現に自分の廻りにあるのと同じでプルーストに倣《なら》ってマドレーヌの味というような手が込んだことをしなくてもその店で飲んでいる辛口の酒が教えてくれる確実な手ごたえというものに即してそこを離れた所で飲んだファイスカのヴィノ・ティントも確実に自分が飲むということをしたものになり、それもそれを飲んだ場所もそこにあってそのやはり木の机は今の店のと違って割れて深い罅《ひび》が入っていた。そのことが解っていてそれを自分の眼でもう一度確めることにどれだけの意味があるのか。

「併しこれも古木君と違って自分が前に暮したことがある場所にもう一度行って見るっていうのはどういうことなんですかね、」とこっちは言った。「もしそれがただそれだけの為

ならば。」

「貴方ならばただそれだけの為ですか、」と川本さんが言った。「それで有能な秘書を一人手に入れ損った訳か。なる程、」と言うと川本さんがこっちを見たのでそれで思い掛けない所で古木君のことも大体は片付いたのを感じて、

「そうですね、後は古木君が何と言うかです、」とこっちも答えた。

「兎に角まだ大分先のことでしょう、」と川本さんが言った。「それまでにフランスに何か用事を作らなければならないから丁度いい。」川本さんが実際にそれ程のもの好きだったのかどうかは遂に解らなかった。

秋になって日が早く暮れるのが飲む気を誘う毎にそろそろどこかで古木君に出会ってもいい頃だと思っていると或る日の暮れ方に甚兵衛に行く途中で古木君が後から追い付いた。まだ制服では暑そうに見える時節だったが大学生にその頃も夏の制服というものはなかったようで古木君はいつも制服だった。

「今お宅にお寄りして見たんです、」と古木君が言っておしま婆さんの所に下宿している身分でお宅というような言葉を使われたのは久し振りだった。その久し振りということで古木君に一番しまいに会ってから夏が来て去ったのを改めて感じると古木君の制服もそれ程暑そうでなくなった。もうどうかすると冷たい風が吹いて来ることがあって空を見ると

涼しかった。そして秋ということで又古木君の頭にあるに違いない世界とそこで又一つの世界をなしている筈の日本ということが戻って来た。日本でも秋の日差しは豊かなものである。併しそれが夏が過ぎて秋になったことよりもやがて紅葉を吹き散らして木枯しが来ることを思わせるのはやはり風土の違いで秋に収穫されるのが金色に実る小麦でなくて米だというようなことも手伝っているのだろうか。日本の田に稲の穂が如何に重そうに撓《たわ》んでいてもそれが打楽器の響を思わせる色になることはない。その秋が地上に最初に響かせる打楽器の音のことを古木君が知っていてそれを聞かずにいるうちにこれもヨーロッパの秋というものとともに学校で勉強している間に得た観念で終ることになるのは残念だった。併し甚兵衛の土間には秋の午後の日が差していて熱燗の酒が熱いだけで親めた。こういう時の挨拶で、

「どこかに行っていらしたんですか、」とこっちは古木君に言った。

「小諸にいました、」と古木君が言った。「例のプルーストです、」とこれは前にもうこっちに話したことのようにだった。その小諸の手前に軽井沢、追分があって古木君がそこを通り過ぎて小諸まで行ったのは宿屋の関係でだったのかも知れなくてもそれとは別に解る気がした。その頃は軽井沢が西洋のようだということになっていて外国の宣教師が避暑に来ていたりしたことからそういう感じがしないでもなかったらしい。併しプルーストの小

説が田舎を舞台にして始っていてもこの小説での実際の世界は都会であって更に西洋のような田舎と言った所で限度があり、もし日本で仕事をするならばそこで仕事がし易い場所を選ぶのが本当だった。又それ故にこっちが銀座で仕事をしてはと考えたりしたのも愚劣だった。銀座に外国を思わせるものがあることはそこが外国であることにならなくて本ものを求めている時に銀座も外国の贋ものに過ぎなかった。それがそんなことではなくて夕暮れにそこの店の飾り窓が街燈の光を射返す時にそこに外国が浮ぶだけのことだったのである。

「併し都会はいいですね、」と古木君が言った。

「省線に乗っていて窓から電気の海が見えるとそう思うでしょう、」とこっちも経験があることを言った。

「田舎は煩《うる》さいんですよ、」と古木君が言った。「音がしないもんだから。それともあれは人がいないからでしょうか。」

「都会にいて静かだと思うような都会がいいんでしょう、」とこっちは言った。「東京がそうだ。」そしてそれが都会らしい都会の定義だと付け加えようとしてそれを控えた。古木君が田舎でプルーストと首っ引きでいた後で不用意に又外国のことを持ち出すのが気が引けたからで古木君の方から外国のことは言って貰いたかった。古木君が田舎にいる間にどういう考えになったのか解らなくて若い時の考えの進み方はもっと年取った人間のと比べて迅速なものがあることがある。もうフランスに行かなくてもというようなことになっているとも思えなかったが他にもっと関心があることが出来るというのはあり得ることで又その時になって古木君以上にこっちがフランスに古木君が行かなければならないと決めているのではないかという気もした。それにもう一つは小諸という所をこっちは知らなくて何か古い城があるように覚えているということ位しか頭になかったからその小諸で古木君が夏を過したこともこっちがする話の材料にならなかった。こっちが勝手に想像したように古木君が追っているプルーストの小説の世界から自分の廻りに眼を移すとその古い城でも浅間山でもが余りにも日本に感じられたと言ったことが実際にあったのかどうかも古木君に聞かなければ解らないことだった。

「あの辺は鯉が旨いですよ、」と幸にこっちが直ぐに付いて行けることを古木君が言った。それならば涼しくなった今は鯉こくが一層旨いだろうと思ってそのことからの自然の聯想で、

「酒はどうです、」と聞くと小諸の辺りで飲める酒を古木君が二、三挙げた。そうすると飲める酒も旨い食べものもある小諸の町が人間が住む場所の感じがして来て人間が住める所ならばプルーストに就《つい》ても何に就ても考えることが出来る。川本さんが世界は平たいと

言ったことが記憶に戻って来てどういうのかそれで川本さんに会った時のことを古木君に伝える気になり、その話をすると古木君が、

「そうか、」と言って天井を見上げたので小諸に一夏いる間に別に考えが変ったのでないことが解った。

「その川本さんという人が連れて行って下さるっていうんですね、」と古木君が続けて言った。

「そうなんです、それが来年だっていうことだから貴方に丁度いいんじゃないかと思って。」その為に何かそういう用事を考えて置かなければと川本さんが言ったのは話す必要がなさそうだった。そしてこっちもその時になって始めて古木君がそのうちに実際にフランスに行くのだという気がして来て世界が平たいという川本さんの考えが具体的な形を取るのを感じた。古木君がこれから行くというのは日本にいることを延長した向うにフランスがあることでそのことでその本郷での午後と同じ時間に例えばセーヌ河沿いの公園を控えてパリの住宅地に家が窓を並べた。そしてそこまでシャンゼリゼーを通る車の音が聞えて来た。それならば古木君でなくてもその車の流れを横切ってリュー・ロアイヤルに店を出しているカフェの一軒で歩道に向った卓子から椅子を引くことが出来てその辺を行き来する給仕は靴を隠す程長い白い前掛けを掛けているのが甚兵衛の土間に秋の日が今差して

いるのと別な世界のことではなかった。

船の匂いというものが記憶に戻って来た。それが甲板に出ていればそこにあるものは海だけであるが内部の廊下とか浴室とかは金具その他を塗るのに使ったペンキのせいなのか、或はそれと海の湿気が混じってのことなのか普通のペンキにはない特殊な匂いがあってそのペンキの白と匂いが一つになってこれがあるといや応なしに自分が船に乗って海に出ているのを感じる。それは波の重吹きと空の間を飛ぶ鷗《かもめ》以上に航海していることを思わせるものだった。従ってそれは陶酔だっただろうか。寧ろそこには船と海、つまりは航海というものの一つの世界が自分を取り巻いているのが認められてそれは船がどこかの港に着くのが期待されるのでもなければ何日か前に離れた陸のことが頭のどこかにまだ残っているのでもなくてただ自分が足を運ぶことが出来る範囲での船とそこで行われることが自分にとっての少しも窮屈でない凡てになり、それに自分を任せての無為と懶惰だった。又それで窮屈な思いをしないのは船の廻りに海と空が拡っているからに違いない。

そんなことを考えながら古木君とはもっと世間並な話をしていたような気もするが古木君にしても直ぐにも洋行することになった訳ではなくてそう細かくこっちに聞いたりすることがある筈がなかった。寧ろ二人とも銘々に外国というものを廻って記憶を辿るのでなければ想像していたものと思われてその材料はあったから言葉数が少くなるのはこれも窮屈ではなかった。併し思い出して見てもその甚兵衛での午後は奇妙に拡りがあるもので我々はおでんを突っついて辛口の熱燗の酒を飲みながら古木君は何を考えていたのでもこっちはその酒を明かに所謂《いわゆる》、秋映えのものと感じる一方でフランスのカフェで定食を頼むとただで出すその年に出来た安葡萄酒がガラスの酒注ぎに入っているのを飲むのでなくて確実に頭の一部で摑んでいた。その代金を払おうとしてそれがただだと言われた時のことまで記憶に戻って来て今それを言われていた。そこから見える場所は凡《すべ》てが石で出来ている中に木が茂っている感じだった。

「この間横浜に行って来たんですよ、」とそのうちに古木君が言った。「もしどこも行く所がなかったらばあの辺でフランスの会社か何かに勤めてもいいと思ったんです。あの町は捨てたものじゃないですね、」とこっちが商用で出掛ける町を褒めてくれた。それで、

「始終船が出入りしていてね、」とこっちもそれに応じた。今ならばそのことが言えた。

「どうなんだろう、それをいつも見ていて乗りさえすればと思っていれば乗ったような気になって外国が近くなるんじゃないだろうか。」

「あの船が外国のものか外国に行って戻って来たものですからね、」と古木君が言った。

「併しそれよりも海っていうものがあるんじゃないでしょうか、海があって船が並んでいるから海が近くなる。」

「その横浜にこれから行って見ましょうか、」とこっちはその時になって思い付いたことを言った。これも今ならばしても構わないことである筈だった。古木君が一緒に銀座まで行くような顔をして付いて来てその頃の空いた京浜国道では事実それは銀座と比べてそう遠出でもなかった。当時の相場で円タクで横浜まで往復で三円足らずだったから片道で二円としなかったように思う。そして車が余り通らない広い道を車で行くのだから気持がよくて商用で何に付けても倹約する心掛けでいない時にはこれは一人でも偶にやることだった。まだ沿道に田舎と解る所もあったのだから今から思うと信じ難い。その頃は東京という町を出てそれから暫くして横浜という町に入って行くのでそれが混雑しないで車が走って行ける速力でだったのだから短時間に旅行をしている気分だった。その途中が田舎でそのうちに道の両側に家が殖えて夕暮れに前の方が電気で明るくなり、やがて駅に来てそこから直ぐの所が港だった。

今でも距離の上ではそうなのだろうが車が他の車に挟まって這うようにして進むのでは駅の傍が港とは車の中では思えない。その頃は港に沿った公園の脇を行く道の反対側にホテルや外国の領事館が眺めを寂しくない程度のものにしていて人通りも公園の中を人が歩いているのに釣り合っていた。そしてもう船が見えた。その晩はホテルにでもと思ったのだったが食堂に外国人の観光客の団体でも来ていればそうした外国人に取り巻かれて外国に行った感じになる訳でもなくてそれよりも横浜にいる気持になりたくてホテルの大分先まで車に行って貰った。古木君が横浜まで出掛けたとわざわざ言ったのだから横浜に詳しくはない筈でそれならば案内していい場所が幾つかあった。そうした期待があってなのか車を降りてからも古木君は黙って付いて来た。その位に人通りが少いと街燈も街燈が道を照している感じがしてその一つの光が届く所に入り口の両側の窓にカーテンが掛っている小さな店があった。

「ここはどうかと思って、」と古木君に言って先に入って行った。そこは戸を開けた所が直ぐに食堂で他に台所しかないように思える構えの店でそれでも主人が入り口に立っていて窓の前の卓子に案内してくれた。その晩は他にやはり窓脇の卓子に客が二組ばかりいるだけでそれがその店では客が少いことにもならなかった。その主人というのはフランス人でこっちを覚えていてくれて酒の表と献立てを持って来た。

「これは本式なんですね、」と古木君が言った。

「略式ですよ、」とこっちは訂正した。「外国にもおでん屋はあるんですよ。或はおでん屋でなければ、」とその先を続ける積りでいて古木君とまだそういう店に行ったことがないのに気が付いて、「東京ならば日本料理のこういう店がある、」と言い直した。「それで先ず酒ですか、」とそれから言って古木君に酒の表を渡した。

「Clos de Vougeot、Nuits St. Georges、」と古木君が読み上げて行ってその様子からそういう名は知っていてまだ飲んだことがないのだということを察した。今はどうか解らないが当時は西洋料理と言えばホテルの食堂か或は名が知れた西洋料理屋で出すものと一般に考えられていてそれで古木君がそういう場所に出掛けて行って見る気がしなかったことも解った。そしてブルゴーニュの酒の名が目新しくはない程度に文献は調べているようだったからもっと前にと思うと同時にそれがもっと前だったならば注意して控えなければならなかったことなのに気が付いた。これならば川本さんも古木君と旅行していて楽める筈だった。併しそうすると古木君は何も知らないのでなくて、それでいて何を知っていることになるのだろうか。その状態が羨しかった。例えば幾ら古典学に詳しくてもその知識の裏付けにファレルニアの酒が飲める訳ではない。併しここにClos de Vougeotも Savigny les Beauneもあった。その晩の酒は古木君に選んで貰うのがいいようだった。

「この酒は舌から水気を取るという風な味がしますね、」とそれで持って来られたMontrachetを飲んで古木君が言った。それはフランスの辛口の白葡萄酒に就てそれまで聞かなかったことで当っていると思う他なかった。その時の料理は殻付きの生雲丹《うに》だった。「斑《まだら》の鹿の背中に日が差しているようだっていう形容もあるんだけれどね、」とこっちは言った。「それは少し洒落過ぎているかも知れない。」

「外国で付き合いで話をしている時は普通よりも洒落たことを言うようにするんでしょうか。」と古木君が大事なことを聞いた。

「普通の時だって洒落たことを言った方が面白いでしょう。」どうもそうとしか思えなかった。「併しその洒落る具合の問題なんですよ、」とその時何か解った気がした。「例えば外国の冗談でこれで笑っていいのかと思うのがある。」

「そうすると相手に対してどの程度まで洒落たことが言えるか考えるんでしょうか。」

「それは自分が使っている国語がどういう洒落たことが言えるか教えてくれますよ。」そのことは確かだった。「どの国語にもその歴史があってそれに応じてそれが洗練されたものになっている。そうするとこれは翻訳の問題なのか。併しそれだけでもないでしょう。我々でもつまらないことは自分の家にいても言わない積りでいる。いつも一つひねることを考えている。併し日本でそれが何人かとの付き合いになって機智縦横と思ってもいいことが言われている時に何故それがそういう風に感じられないんですかね。例えばフランスで或る人の話とか或る集りでのやり取りが brillant だったたって言うでしょう。」

「Mathilde と Comte de、——Brancas でしたっけ。」

「でも何でも。デッファン夫人でもヴォルテールでも、要するに名が知れたサロンでの話というようなものならば。併し平安朝の方が我々の時代よりも日本の歴史がまだ若かったということは言える。」それ位のことしか実際に頭に浮ばなかった。「そして平安朝の頃は、いや、江戸時代にもまだサロンはあった。それから更に又二百年ばかりたってということもあるんじゃないでしょうか。」

「併しそうすると今の我々が一番洗練されていることになる。」

「その洗練はされているんでしょうね。併しまだ日本に近代詩の名に価するものはありませんよ。或はやっとあるようになったばかりでしょう。それは日本の詩歌の伝統が我々にまだ受け継がれていないことです。その明治以来の何かもあるんじゃないですかね。そんな風に色んなことがある。」

「それさえなければ、或はその穴が埋められれば我々も brillant な話し方をするようになるんですか、」と古木君が言って又初めの所に戻った。その時は酒が白から赤に変り、古木君が酒の表で目を付けた Nuits St. Georges が卓子に出ていて料理は犢《こうし》の煮ものだった。

「この酒はどうです、」と今度はこっちから古木君に聞いてその方が機智縦横よりも大事だった。

「温いですね、」と古木君が言った。「夏じゃなくて秋の日差しだ。こんなものをフランス人は毎日飲んでいるのでしょうか。」

「カフェで食事をするとただで付いて来るのはこんなじゃありませんよ、」とこっちは甚兵衛で思い出したことを言った。「併しその付き合いの時に出す中ではこれは普通の方でしょう。」

「日本酒と葡萄酒で話の仕方が違うってのはその色々なことの中に入らないでしょうか。」

「やはり国語の違いなんでしょう。」それがその晩気が付いたことなのでそれを固執した かった。「併しその明治からの何かのことなんだけれど随分まだ無理なことを我々は押し付けられている訳でしょう、日本人は猿真似が上手なんだとか工業の発達が足りないとか外国人はお行儀がよくて日本人は虚礼が好きだとかさ。それが嘘だと解る所まで行かないでただ何となくそうだと思わされていることの負担っていうのも相当なものじゃなければならない。そしてそれが嘘八百だからそのうちにはそんなことを考えないですむようになる。その時はどうですかね。例えば年を取って老衰するっていうことがある代りに精神の無駄な負担がなくなって若返るっていうこともある。現に我々にはそれがないじゃないですか。ここと甚兵衛とどう違います。」

「別にどうってことはないでしょう。併しまだこんなものを飲んだことがない、」と古木君が川本さんのようなことを言った。「この酒からフランスの町が拡ったり河が流れたりしないだろうか。何だかそんな気がする。」

「これにフランスだかヨーロッパだかがあるっていうことなんでしょうね。」そのことの方が考えて見れば日本の将来というような雲を摑むのに似た話よりも意味があった。併しそのことも日本と関係があるのは見逃せなくて、「それでもこういうものを日本で普通に飲むようになったらどうでしょうね、」と言った。「フランスのことを知る前からこれを飲んでいたらただ葡萄酒と思うだけでしょう。併しそれでフランスが葡萄酒の縁で近くなるか。或はライン河がその沿岸でライン地方の白葡萄酒が出来るというので外国と思えなくなりますかね。そういう時代が来れば面白いでしょう。」

「そしてフランスならばフランスが実際にどんな所かを知るのに今よりももう少し勉強しなければなりませんか。」

「そう、今の金持がやっているようにただ行って帰って来るだけのものが殖えるかも知れない。併し日本の中だけでだって物見遊山ていうことを昔からやっていた訳ですよ。その行く先が江ノ島でなくてパリになるだけの話なんだからそれはそれでいいでしょう。又それはパリに今よりも行き易くなるということなんだ。」

「遣唐使の時代に何とかその一行に加えて貰いたいと思うものがいたんですかね、」と古木君が話を昔に遡らせた。

「その正使、副使とかいうのは無事に向うまで辿り着けるかどうかも解らなくて泣きの涙でいるのにですか。併しそれでも是非ともと思うものがもしいたのならばそれが行けたのでも行けなかったのでもその眼に支那が、或は唐がどんなに見えたんだろう。」

「夢はもう戻らないですか、」と古木君が言った。

「夢というようなことを言うのならば外国に行き易くなって素通りして戻って来るものも出来るっていうんだって現にあることじゃないんだから夢でしょう。併しそれ程行き易くなることには他にも意味がある筈だ。それならば行くべきで行きたいと思っているものも簡単に行ける訳で何《いず》れそうなることは確実であり過ぎてこれを夢と思うことはない。例えば学校でフランス文学をやっているという理由で半年フランスに行って来る為に便宜を図る制度が出来ることも考えられるでしょう。」

「そうするとフランスは遠い方がいいんですかね、近い方がいいんですかね、」と古木君が言って笑った。

「近い方がいいんですよ。」そのことに間違いはなかった。「京都っていい町だけれどそれが何かと面倒なことがあって東京からなかなか行けないことになって御覧なさいよ。」

「その代りに京都はいつまでも京都であるかも知れない、」と古木君が言った。

「そんなことはない。」その時は葡萄酒の酔いも廻って来ていた。「仮に京都に行く要するにお上りさんの数が毎年今の十倍に殖えたってあの町はやはりあの町でしょう。そういうのが行く場所は決っているからですよ。パリは昔から観光地だったんです。そこへ毎年押し掛けるアメリカ人に日本人が代ったたって、或はそのアメリカ人の群に同じ数だけの日本人が加ったたってパリは平気ですよ。もしシャンゼリゼーがそういうので埋ったらば横丁に入ればいい。そのパリや京都が平気でいるのはそこにいるものはそこに住んでいて観光客はそこを荒しに行くだけだからなんだ。そしてその逆を考えて御覧なさい。いや、外国の観光客が押し掛けて来ることじゃない。それはそのうちに来るだろうけれど、もし日本に来るといいようなのが来始めてそれが例えばこの隣の卓子で飲んでいるという風なことになったらどうだろう。」

「それは面白いでしょうけれどね、」と古木君が言った。併し古木君は行けるかどうか解らなかったのがこれからフランスに行くのだった。そこの店を見廻して古木君と卓子越しに向き合っているのを改めて感じるとヨーロッパが古木君にとってと同じ距離に遠のいてこっちが始めて地中海を横切って船の甲板からマルセーユの港の明りが見えて来た時に熱を出したことを思い出した。そこの店の窓からも港に碇泊している船の明りが見えて今度は自分がどこという特定の港にいるのでもない気がして来た。香港でもシンガポールでも、或はロンドンでもディエップでも夜の港はそんな風に眼に映る。

「港に碇泊している船にいると色んな音が聞えるんですよ、」とその気持で今度は古木君に言った。「あれは主に荷の揚げ降しをしている音らしい。」

「上陸出来ないんですか、」と古木君が聞いた。

「それは例えば翌朝早く出港するとか、遅く港に入って来て上陸は明日だっていうような時。」

「上陸すると今度は我々が観光客になるのか、」と古木君が言った。

「それだから一緒にならなけりゃいいんですよ、」と言っているうちにそういうことも記憶に戻って来た。「如何にも領事館と言った所に用事ありげに波止場から歩き出しちまえばもうそこはいつ又来るか解らない外国の港なんです。それだからそこは外国であるよりもただ港というものであるだけなんですかね。そこへ船が入って来て又出て行く。例えば汽車の駅にもそれがあるでしょう。言わば劇というものをそこに感じるのか。併し船の方がずっと大きくて動きもゆっくりしている。もし荷の方が早く片付かなければ何日でも港に入ったままなんだ。だからそれは劇であるよりも生活でそこで時を過す船乗りとそれを送り迎えする港の人達で港の暮しが出来ている。そしてそれでいて横浜は横浜で神戸なんですよ。又どこかの港に来たと思うものはない。」

「それを幾つか廻ってどこかに着くんですね、」と古木君が言った。「そうするとそこが外国なのか。」

「船に乗ってどこかに行きたいと思っている人達が住んでいる所ですよ。」そこまでその

晩が進めばもっと強い酒で幻想を煽らないでいられなくて主人が持って来た壜に貼ってある札を見て古木君が、

「marc ですね、」と言った。その晩はそれだけがこっちが選んだものでその粗野で新鮮な味が港の気分に合っている感じがしたのだった。

偶にそういう一晩を過すことがあると本郷が一層のこと本郷らしくなって見えた。或は少くともこっちにとっての本郷というものになっておしま婆さんの家から電車通りと反対の方に暫く行くと道が下り坂に差し掛る前に両側に立ち木が塀を見えなくする程茂っている家が続く所に出て空がその間を流れるように拡り、そこまで来ると何故か allée という言葉が頭に浮んだ。その道を坂の下まで降りればそのうちに不忍池でもうその辺をそこ以外のどこと思うこともなかったが坂の上の道は両側に木が続く間は田舎の並木道の感じがして田舎の道に並木が植えてあるのが日本でないならばそこは日本でなくてもよかった。併しそこは本郷の道の一つではあってこれは反対に電車通りまで行けばそこの眺めも本郷であることによって明かだった。一体に純日本式の眺めというようなものはない。或は普通にそう考えられているのは浮世絵か何かの構図に縛られた頭で日本式と決めたもので却ってその為に日本らしくないことになる眺めを方々に見ていなければならない結果を生じる。例えばその純日本式には松が必要で本郷には松がない。或はその頃は目に付かなくて両側に主に落葉樹が植えてある泥道や電車通りの砂埃や帝大の煉瓦塀が一つになって本郷という町を作り、それが本郷以外の場所を思わせるのはそこの眺めが純日本式でないからであるよりも他所を思わせるのが一つの場所らしい場所の特徴だからだった。

従って本郷の町を歩いていてそれが自分の故郷でもないのに自分が住んでいる町にいる感じがした。それは人間は何が目的で生きているのかと言った愚劣な考えを斥《しりぞ》けるに足りて夕闇が早く町を包んでその中に付く明りが懐しい色をしているからそれが見える所にいるのだった。又そのことが確かだったから季節の変化に応じて浴衣が単衣に変り、単衣がもっと厚い地の単衣になってそのうちに冬が来た。もし或る場所がその場所であることで他のどういう所も思わせるならば一つの季節は後の三つでもあって秋で日差しが和いだことに冬に縁側で日向ぼっこをする聯想も誘い出されて又それだけ秋が秋に感じられる。そしてそれは電車通りを走る電車の音を聞いていてそれをいつまでも聞いていられる気になるのを妨げなかった。これは本郷の電車通りに立っている或る一瞬間があってそれがいつまでもあることになったことだろうか。そういう現在の連続のうちに我々は一生を終る。

そしてここで一つ妙なことにも思われることを言うならば、それでも日本は動いていた。そのことをその頃克明に感じていたのだから今でもその頃に戻ってそれを感じることが出来てそれ程これは唐突なことではなくて本郷にいて他所のことが頭の中に拡る時に日本とその歴史を世界とその歴史の中で思い浮べるのは頭の通常の働きと見て構わない。その世界の動きはその頃は一つの行き詰りに来ている印象を与えてその中で日本に動きがある感じがしたのはそれが銀座であり、銀座に変化があることを保証している本郷での生活だった。このことをもっと簡単に言うと日本以外の世界が日本にとって外国である時にその日本と外国の区別がそれまでと違って肌に触れるだけで受け留められるものに変りつつあるのが感じられた。それは全く眼に見えての正反対に僅かばかりずつだったが銀座でも日比谷公園でも殆ど日差しの加減でその変化が生じていることが解った。何も今日に至ってそれが過去の出来事になったというようなことを言っているのではない。ただ違っているのはその頃は辺りが静かなせいかそれが肌で感じられた。

併しそれに対して一つ忘れられない思い出がある。そのうちに冬になって勘さんがその自転車の性能を改めて験して見たいというので二人で遠乗りに出掛けた。又その冬は殊の外寒くてそうした言わば力仕事をするのに適してもいた。尤《もっと》もそのことに就てもそれがその頃の東京でのことだったという註釈が必要になる。その当時の東京ではその中心部から多摩川辺りまで自転車で二、三時間もあれば行けて我々も本郷から大曲り、新宿を通ってやがて多摩川と思われる方に向っていた。そう思われるというのは勘さんが特別にどことというのでもなくてその頃あった所謂、陸地測量部の地図で二万五千分の一というのを頼りに本郷から或る距離の所ということで行く先を決めてその地図を持って先頭に立ち、こっちは面倒なことを聞くこともないのでただその後から付いて行ったのである。この日は朝はよく晴れていたのが新宿を過ぎる頃から曇り始めて東京の郊外らしい田舎の中に町が少しある感じの所に入って行った時にはもう本式の冬の曇り日になっていた。

その途中のことは殆ど覚えていない。ただ勘さんの自転車が隼号の名で売り出されているのにそれで二度目に乗って見て初めの時と変らず乗り心地がよかったことが記憶に残っている位でそのうちに目的地に着いた。それは勘さんの店から大体の所は何里ということで勘さんが選んだ神社の印が付いた地点で神社は確かにあった。そこまで来たことが解ればよかったのでその神社の名前もその途中かその後でどこかで昼の食事をしたかどうかももう覚えていない。それは神社と言っても鎮守の森と呼ぶには貧弱であり過ぎる茂みの中に小さな鳥居を前に置いた形ばかりの祠だったのだから名前も地図に出ていなかったのかも知れない。併し折角来たのだったからその辺を少し歩いて見ることにした。その神社がある所が少し高くなっていてそこから道が下に向っていたので自然の勢で勘さんと二人でそこを降りて行くと来た時には気が付かなかった池の縁に出た。

そこのことが今でも記憶に残っているのである。それは曇った空の下に枯れた葦が水面の一部を蔽っているただの池で夏にはそれでも一種の遊園地のようなものになるのか池の向うの端に小屋掛けがしてあってそれが全くのあばら家になってもいない様子だった。それが夏の遊園地ということを考えさせたのは軒に飲みものだかの名前を書いた赤い切れが幾つか下っていたからでそこまで行くと腰掛けもまだ出してあり、その前が池だった。やはりそういう店だったので婆さんが一人そこの番をしていて聞くと黒ビールの他何もないということだったから勘さんと二人でそれを飲んだ。その頃出始めた黒ビールという甘いものでその日の寒さでも冷やせばもう少し飲み易くなるのではないかと思ったのを覚えている。全くただそれだけのことだった。或は大事なのは我々が腰掛けている前の池だったかも知れなくてその時のことを考えるとその池が頭に浮ぶ。それは寂しいというようなことですむものではなかった。

眼に映る程のものが何もないということはあってそれはただそれだけですみ、これは文字通り無視することが出来る。併し冬の曇った空の下で廻りの高くなった地面に見降されて池が水と思う他どうにもならない水を湛えて枯れた葦をその所どころに覗かせているのは無視するには余りにもそのみすぼらしさがそのままそこにあり、そうするとそれはみすぼらしいのでなくてものの感じ、ただ或るものがそこにあることになるのだと思える前に、もしそれがただのものであるだけならば初めからみすぼらしくない筈だという考えが浮んだ。それはみすぼらしいのでなくて何か訴えているようでもあり、併しもし訴えているのならばもっと生気があるものであるのでなければならなかった。それは寂しいのですまないのでなくて何とも寂しい眺めで余りに寂しいので滅入ることもなかった。その冷たさが記憶に残っている。或はそれは冷たさだったのだろうか。それが名状し難いものなのでまだ覚えているということもある。

そしてもう一つ、それが日本のものだという気が確かにしたのでそれが何故なのか判断に苦んだ。日本の神々はもっと明るい存在である筈である。それは日本の景色がということでもあり、あの池の暗さとも冷たさとも付かないものがどうして日本の一部をなしている感じを今思い出しても与えるのか謎だということだけではすまない気がする。日本にあるべきものがないから日本に属している感じがするのか。そしてそういうことを考えているうちにあの池にあったものが暗さではなくなる。もし何かが欠けているならばその何かを補えば足りる。平安朝末期に公家の荒れ果てた寝殿造りの庭園もあの池のように見えたかも知れない。それならばこれも中世紀のヨーロッパの神学者が考えた罪というものとともにただの不在であることになる。勘さんは自転車の成績がいいのでそれを喜んでいた。

七

冬の寒さが和らいで日が長くなって来ているのが解る春に向っての変化はそれが繰り返しであって繰り返しであるよりもそれで毎年春になると息がつける。それが生温い風が吹いて埃っぽくなるのもこれがその頃の東京で起れば確実に季節が既に春である印で勘さんと自転車の遠乗りに出掛けた年が明けて又その春が来た。併《しか》しその年はただ春になっただけなのでなくて古木君のことが頭にあった。川本さんは気紛れな所がない人間だったからそれが言ったことは信用出来たが向うが言い出したことは何かその方から知らせて来るまで待つものなのか、それともそれを待っていることをどういう風にでも示したものなのか時間はまだ充分あるだけに気に掛っていると或る日おしま婆さんが古木君が訪ねて来たと言うので玄関に出て見ると古木君が背広を着て立っていた。それで又甚兵衛になったのは制服ならば兎《と》も角《かく》背広で畳の上に坐るというのがそういう服装を我々がするようになって以来の日本の悩みの一つだからである。

「川本さんのお話で背広を着るのに馴れた方がいいということだったんで、」と古木君が途中で説明した。

「勝手にしたらいいでしょうと言いたくなるような方ですね、あの方は、」とこっちはその時感じたことを率直に言った。「それじゃお会いになったんですか。」

「ええ、来てくれということで色々と伺って来ました。」こっちはまだ古木君の下宿でも家でもの番地も知らなかった。併しこれは大学の方に聞けば解ることで恐らくこっちが古木君のことを話して直ぐに川本さんがそうした工作を始めたのに違いないことをその時になって察した。そうすると古木君はもう船に乗ったのも同然だった。古木君自身もその積りでいるのだろうかと思ってその方を見ると黒の背広がよく似合って何故かジュリアン・ソレルがラ・モール家で昼間に限ってしていた地味な服装というのが頭に浮んだ。古木君が被っている中折れも黒でそれで、

「川本さんがお選びになったんですか、」と聞かずにいられなかった。

「いや、川本さんから支度金を戴いただけです、」と古木君が言った。「可笑《おか》しいですか。」

「それどころか、いつもそういう恰好をしていらしたような気がする、」とこれもこっちは率直に言った。そして和服を着て育ったものならば洋服を着こなすのは何でもないことである筈だということに改めて思い当った。古木君のネクタイはと見ると無地の濃紺でそうするとこれはやはりジュリアン・ソレルなのかという考えが頭を掠めて笑い出したくなったが古木君に「赤と黒」を読んだことがあるか聞くのは愚問の部類に入りそうなので笑

うのも止めた。その代りに、

「とうとうフランスに行くんですね、」と殆ど当座凌《しの》ぎの気持で言った。

「ええ、」と古木君が言って立ち止って、「そのお礼に今日は伺ったんです、」と改めて言った。それが妙な具合にこっちに作用して、

「ただの偶然の廻り合せなんですよ、」と何かこの世のあり方を説明するという風な感じでこっちは別に謙遜するのでなしに言った。「あの時、――丁度あれは一年前でしょう、――貴方に甚兵衛で会わなければ二人でマラルメだとかラフォルグだとかの話を始めはしなくてそれがなければヨーロッパというものが、これはどういうんですかね、それじゃ仲間に加ったということもなかったでしょう。併しそれが仲間入りをしたから後はヨーロッパがどうにでもして貴方を引き寄せることになったんですよ、川本さんやこっちがいなくても。強いて言えばこっちがヨーロッパにそうした形を取らせる位のことはしたかも知れない。」そしてそれまで二人で立ち止ったまま話をしていたのが芝居染みている気がして来て又歩き出すと古木君も付いて来た。もう甚兵衛まで直ぐだった。

「そのヨーロッパをもう一度見ましょうか、」と古木君がそこの戸を開けてこっちが入るようにして言った。

「随分そのヨーロッパの話をしましたね、」とこっちは腰掛けてから言った、「併しヨーロ

ッパに形を取らせると言ったってそれは貴方には既に取っていた筈なんだ。」

「だからそれが行くということなんでしょう、」と古木君が言った。「そこまで行くか誰か行ったことがある人がいることでただの本の世界じゃなくなる。」

「又本かというのがここで最初に出た話でしたっけ。」

「それはヨーロッパでラフォルグが言ったことでしょう。併しヨーロッパの人間で他所に行きたい、本当に行きたいと思ったものはいないんでしょうか、」と古木君が話題を変えた。

「先ずいないでしょう。」これは考えなければならないことだった。「ただの旅行好きは別ですよ。併しいなかったのは仕方ないでしょう。ヨーロッパの人間が他所のことを知った時にヨーロッパは世界に君臨していたんですよ。それが十九世紀です。併しそれだっていいじゃないですか、日本と支那が世界でただ二つの文明国だった時代もあってそれが百年なんていう短い期間じゃなかった。」

「川本さんはパリで店を始める積りのようなんです、」と古木君の話が今度は事務的なものになった。「日本で今出来るもので骨董屋風のものをやったらどうだろうということで、」とその川本さんの言葉が記憶に残った様子で古木君が言ってから、「その店がやって行ける程度の上りがあればいいんだっていうことでした、」と付け加えた。これは趣向と呼んで差し支えないものだった。その今作られているもので骨董風に扱えるのが結城紬の反《たん》ものでも備後表《びんごおもて》の花筵《はなむしろ》でも、或《あるい》は北陸の雪沓《ゆきぐつ》から薩摩焼きの小皿に至るまで身の廻りのものを骨董屋から買って来る類のパリの人間ならば喜ぶのに違いなくてそれにどういう値段でも付けて売ることが出来る筈だった。又それよりもその店が商売を始めたらば見に行きたい気がした。銀座にあるような洋品店で売っているものを日本の物品で置き換えるだけのことでその春慶の木鉢や赤膚《あかはだ》焼きの土瓶ばかりでなしにパリの町もその店がある為に引き立つだろうと思われた。併しそれでこっちは、

「貴方がその店番をなさるんですか、」と聞いて見たくもなった。

「いいえ、川本さんの下で交際の方のことをやることになるんだそうです、」と古木君が言った。「パリじゃそっちのことが面倒なんだっていうのは前から、――」

「読んでいらしたんでしょう、」とこっちはそこを補った。そして又ジュリアン・ソレルのことが頭を掠めてプルーストと首っ引きになっていたのならばそれも適役だろうという気がした。

「誰を呼ぶから誰を呼ばないというようなことですか、」とそれでこっちは言った。「それからどこのサロンに行ったことをどこのサロンでは言わないとか。」

「或は寧《むし》ろ行ったことを言った方がいい場合もあるんじゃないんですか、」と古木君がそ

の片鱗を示した。「併しそういうことをやっていて面白いでしょうか。」「疲れるでしょうね、」とこれは本音だった。古木君は小柄な男で、それに西洋人の方がどうも体力があるようだった。「併しくたくたになるまでパリの空気が吸えるんですよ。横浜の小料理屋でパリならばこの位の酒はどこにでもあると思ったりすることの比じゃない。」

「夜遅く寝るのがパリで翌朝の十時頃に目を覚してもまだパリですか、」と古木君が言ったその口調でこっちがマルセーユの港を見た時に発熱したことを又思い出した。併し責任上、

「そんな時間に秘書が起きていいかどうかは別としてだけれど、」と言う他なかった。「それなんですよ、」と古木君が体を乗り出した感じで言った。「川本さんから色々そういう話を伺ったんです。」それから先のことはこっちにとって川本さんに就《つい》てそれまで知らなかった一面をもの語るものだった。尤《もっと》もそれを全く予期していなかった訳ではない。川本さんは古木君に恐らくはパリでの交際というものに就て具体的に説明する為に川本さんのパリでの生活というのか行状というのかを何かと話して聞かせたようで途中からウイスキーが出たということでその話し振りが察せられた。そうすると川本さんは古木君が実際に気に入ったのかも知れなかった。こっちの初めの考えではどうにでもして古木君を一度

フランスに行かせることが出来ればそれで一応の責任は果せる積りでいたのだったがもし川本さんという一人の庇護者であるのみならず言わば相棒がいることになるのならばそれに越したことはなかった。その上で古木君がどうするかは古木君の問題だった。

差し当りパリに行った古木君というものが古木君と向き合って飲んでいて頭の中で跳梁《ちょうりょう》した。ジュリアン・ソレルが活躍、或は兎に角行動したのは十九世紀前半のパリだったが古木君が出入することになるパリの社会が機智一つで自由に出来るものである点では昔と変ることがない筈だった。それは奇妙な影響を精神に及ぼしてその働きを更に軽快にするものである。古木君もその陶酔を知るのだろうか。それを知る機会はその頃の東京にもなかった。併しその理由が何だろうとそれならばそれで他所でそれを知るのが悪いことである訳がなかった。その理由というのに就て西洋の方が演出が旨いのだろうかという考えが一瞬頭を横切ったがその時もう一つ、これはそれまで思い当らなかったことで言葉の普及の問題がそこにあるのではないかという気がした。その頃の東京でもまだ市場でも議場でも或は茶の間でも響を加減するだけで共通に使える日本語というものは聞けなかった。それはあるかないかの近代詩に漸《ようや》く形を取り始めたばかりのもので一国の言葉である言葉がそれならば古木君がフランスで知ることになるそれまでこっちが全く考えていなかったことの一つだった。

併しその言葉がやがて育つ筈の生活は東京にあってそれだからその頃の日本語とフランス語の違いも解ったのであり、それでパリに行った古木君ということに自分の前に古木君がいることも手伝って又考えが戻って来た。その二つの大戦に挟まれた一九二〇年代、一九三〇年代のパリもパリの歴史の上では一つの時代だったようでその間に我々がその頃親んでいたフランス文学の殆どがそれもパリで書かれてそこでの生活はアメリカのエリオット・ポールの散文で叙事詩に近いものになっている。そういうことの方に考えが行くのはやはりパリでの古木君よりもそのパリのことに気を取られているのかも知れなかった。それはパリ、或はフランスでの一つの爛熟期を示すものとも見られてその頃の東京がそのような状態になかったことはそれから先のことを思えば或は幸だった。併しこういうことの場合は自分の国と他所のをそれ程区別することはなくて爛熟期にある文明だけでは何のことか解らなくてもその頃のフランス、もっと詳しくはパリならば東京で育つのを、或は育つか育たないかを見守っているものがそこにあってそれが個々にあるのでなくてそこの空気をなして層をなしていた。

古木君が話が具体的に決ったことを知らせに来て二人で飲んでいてこっちは古木君がこれから行く所のことを思い、その当の古木君は既にそこに来ている状態を実際の経験以外の恐らくは古木君の凡てで築こうとしていて互に黙り勝ちになるのが気にならないでいられたのはこれも併し今ならば先ず考えられないことである。繰り返して言えばそれ程ヨーロッパが東京から遠かった。それが今はそうでなくなったというのがどの程度に当っていることか解らない。併しその頃は確かに遠かったので又その遠さが人を黙り勝ちにさせるのに過不足なかったのでもあって月とか火星とかまでというような法外な金を掛けた離れ業は新聞の読者の好奇心を唆るのに止って距離の観念もそこに生じないがヨーロッパは尋常の手段でそこまで行けてそれが船でだったから三つの海がその間に横たわっていることが世界の地図を胸に描く形で伝わって来た。東京からどこか遠い所に確かにヨーロッパがあったのである。

又そのヨーロッパは既に日本とも密接な関係があった。ただこれも人が船に乗ってその間を行き来するようなもので第一次世界大戦が日本の状態を一段と変えたのであってもこれに参加するのに我が海軍が地中海まで進出しなければならなくてこの戦争での出来事は青島の攻略でさえもが全く文字通りに海の向うのことだった。そしてそれでいてノートル・ダムもロンドン塔もウンテル・デン・リンデンも一応は我々に馴染みの名前でそれよりも実際に目に触れるものがこと毎にヨーロッパを思わせる時にそういう場所がどこかにあることは疑えなかった。その辺の事情は今日となっては簡単に説明し難い。それに就てはヨーロッパまで直ぐ行けるという考えが今日では却ってそのヨーロッパを我々にとってないも同然の場所にしているということもあって当時はその逆に我々の関心がヨーロッパというものの像を明確に我々の胸に刻み付けてそこに就ての知識もその関心に応じて細かなことにまで及び、そのヨーロッパは遠い所にあるのだった。まだしも支那のことに精通していた江戸時代の儒学者達はそういう事実の大半が既に過去のものであることを知っていた。

その頃の銀座に洋画の精巧な複写を売っていることで知られた額縁屋があった。或はそういう店があったことよりもこの洋画の複写ということがここでは言いたいのでそういう複写で一枚のシズレーの風景画を愛することはそこにある風景に馴染むことであり、それに自分の廻りに見るものよりも遥かに親むということもあってそれが自分の廻りに見られないものであることが解っている以上にそれが現にどこかに実在するものであることを知っているのが我々を今日では失われた状態に置いた。これが当時の我々とヨーロッパの関係を示すものである。又そういう絵が凡て複写だったことにも意味があってその銀座の店には例えば quattrocento の宗教画の複写もあり、その複写の技術が優秀であることは実物の再現と受け取るのに足りてその実物がフィレンツェのウフィッツィ、或はパリのルーヴルに現存するものであることが解っているのもヨーロッパを我々に近づけるとともにそこを我々がいる場所から遠のかせた。

もっと手近にあるもので満足していられたならばあの一種の熱病に侵されることもなかったのでそういうものが不足している訳でもなかった。日本の方がヨーロッパよりも歴史が千年は古いのである。併しこれは食いしんぼうならば説明する必要がないことであるが筋子の粕漬けに馴れた後でカスピ海の蝶鮫《ちょうざめ》の卵が手に入れば望むのはそれと筋子の粕漬けの両方であって更に食べものと違って精神自体を養うものはそれが欲しい気持も遥かに烈しいということがある。又そのことで面倒なのは精神を養うものと言ってもそれが最初に精神を養った風土というのがもし自分の周囲に認められるものでなくてそれが現存することが紛れもない事実である時にこれを自分で確めたい思いにもやはり止むに止まれないものがあることでそのことも我々にヨーロッパを近づけて又それを我々から遠い所にあるものにした。そしてそういうことは結局はヨーロッパを我々の手が届く距離に持って来る働きをしてこれがなかったならば川本さんが言った平たい世界もそれだけその到来が遅れることになったに違いない。

そのうちに又桜が咲く頃になった。川本さんの所から一席設けたいと言って来てその文言通りに勘さんとその山王下の料理屋まで出掛けて行くと先に着いていて川本さんの他に古木君も川本さんが呼んでいたことが解った。実はその料理屋の名前は知っていてまだ行ったことがそれまでなくて桜の季節と書いたが山王下のその谷間が絵巻物の景色のようにこの世のものとも思えないのに先ず驚いた。これは赤坂の方から入って行くのでなくて議会の方から降りて行くので谷間なのでそこから山王様の山に向って登って行くことになり、その山と谷間が一面の桜でなくて江戸時代からあるのに違いない老木が枝を伸ばしているのに混じって桜が筆で刷いた具合に花を着けているのがその辺一帯を蓬萊とか竹生島《ちくぶしま》とか言った伝説の場所の感じにしていた。それが雨が止んでまだ曇ったままの午後だったので一層その印象が強かった。その山の中腹に当る所にその料理屋があったのであるが、こういうことをここで書くのは戦争中に焼夷弾で焼かれたのか戦後にただ土地が欲しくて切り倒したのか山王様の木が今は見る程のものでなくなっていてその数寄屋作りの料理屋も姿を消したからである。

川本さんは羽織袴でこっちも勘さんも袴を着けただけだったが古木君のことを川本さんが考えたのか我々が通されたのは卓子の廻りに椅子を並べた部屋だった。「いつかの本郷でのお返しがしたくて、」と料理が運ばれて来てから川本さんがこっちにとも勘さんにとも付かずに言った。そのお返しにしては少し凝り過ぎた趣向だったが酒飲みが酒席に呼ばれて文句を言うことはなかった。その店は酒がなくなると初めよりももう少し大きな銚子で酒のお代りが来てその次はそれよりももう少し大きくなり、それから初めの大きさの銚子に戻る仕組みになっていたのを覚えている。そこの料理はその頃の東京では知られたものだった。

「古木君がフランスに行ってからのことを本郷でこの間話していたんです、」とこっちは言った。川本さんが我々を呼んだのはそのこともあってなのに違いなかった。

「この前貴方にお願いしたことは一緒に来て戴くのに就ての表向きの名目と思って下さっていいんですよ、」と川本さんがこっちには答えずに古木君に言った。「フランスにいらしてからなさることは幾らでもあるでしょう。尤も一緒に招待状を書くのも一興だろうけれど、Bibliothèque Nationale に通うのにも飽きたというような時には。」

「ちゃんと致します、招待状書きでも何でも、」と古木君が言った。「もう白ネクタイと黒ネクタイの用意もしました。」

「Permettez-moi de、――」と川本さんが何かフランス語で言い掛けて止めて、「そういうことになれば貴方の御研究もその方だったんでしたっけ、」と日本語に戻ってプルーストの新解釈をやってのけた。

「フランスでも付き合いが大切なんだ、」とこっちは勘さんに説明した。

「組合の集りがあったりするのかね、」と勘さんが言った。

「毎日そういう集りがあるようなものだろう、」とこっちは言った。「その集りに顔を出す以外に何もしないでいる人間もいるらしい。」

「そういうことなんですよ、貴方がなさらないでいいのは、」と川本さんが古木君に言った。「それに多寡が小さな店を一つ出すのに毎日が宴会でもないでしょう。併しサロンの一つや二つの攻略は手伝って戴くかも知れない。」

「古木君は酒が強くてよかったね、」とこっちは言った。

「そんなに飲むのか、」と勘さんが言った。「それならば貴方も行く資格がある。」

「あるんじゃなくてもう行って来たんだ。」勘さんならばそういうことを言っても誤解される心配がなかった。川本さんが我々を呼んだその晩の部屋は卓子や椅子が置いてあってもそこを日本の家の一部屋という感じにするように注意してあって座敷にいるのとの違いはただ坐っているのと腰掛けていることだけのものだった。そこはヨーロッパではなかった。そのことがヨーロッパというもの、又そういう場所に意味を与えてボードレールの黒人の女は胸を病んでパリの霧の向うにアフリカの日光を浴びた椰子の木立ちを求めるがそれと同じ精神の働きでこっちはKUBとかBYRRHとかいうパリでよく目に付く広告の文字をそのままの形で思い出した。Gare du Nord、Gare de Lyonというような駅の名も記憶に戻って来た。それがその山王の料理屋でなのが複雑な効果を生じて甚兵衛のとは違った気品がある味のそこの酒を口まで運ぶ向うで鼠色の上っぱりを着た駅夫が荷物を載せた車を押して擦れ違った。それは自分もそこまで出掛けたいということではなくて既にそこに来ていてそうしてパリにいることが川本さんや勘さんと卓子を囲んでいることの邪魔に少しもならなかった。パリに行きたいというような気が幾分でもしたのは古木君を行かせることが頭にある間だけだったということになりそうである。

「あの自転車が店に置けないだろうかと思ったんだけれど、」と川本さんが勘さんに言った。

「あれは骨董品じゃないから、」と川本さんの店のことを聞いていた勘さんが言った。

「併しその趣旨は同じなんですよ、」と川本さんが言った。「誰も備後表なんていうものを輸出する積りで作っちゃいないでしょう。それだからどこへ持って行ってもあれで通るんだ。あの自転車だってそうでしょう。併し確かに備後表と並べたんじゃ店がもの置きのようになるかも知れない。」

「店に入り口を二つ付けて表と裏に分けたらどうなんですか、」と古木君が言った。

「他にあの自転車のようなものがあればね、」と川本さんが答えた。「例えばミシンだとか柴刈り器だとか。所がそれがないんですよ。あの自転車に比べれば他の自転車だの何だのはそれこそ骨董品なんだ。現に外国向けの骨董品というものだって作られている。」

「いい自転車だよね、あれは、」と勘さんが人のことのように言った。

「日本の誇りだよ、あれは、」と川本さんが言った。「だからそんな風に考えることもない。

あの世界一だの世界記録だのっていうのは日本一っていうことの延長なんですかね、馬鹿な話だ。」

「それも外国が日本から遠過ぎる為なんですよ、」とこっちは言った。「日本があって又別に世界があると思うから世界一っていうことも出て来るんでしょう。」

「それで日本が田舎でそのどこだか解らない世界っていう所が都なんですか、」と川本さんが言った。「それも日本に田舎と都があるからなんですかね。併し昔の日本で都だったのはもっと優雅な観念のものだったんじゃないでしょうかね。あの世界に雄飛するなんていうがりがりした感じのこととは違っていたような気がする。」

「だから大英帝国なんていうことになるんですよ、」とこっちは言った。「あれは原語がない日本だけの訳語なんです。」

「がりがりするのが随分続きましたからね、」と川本さんが言った。「もう又春の野原で摘み草するのに戻っていい頃ですよ。」

「その前に満州の経略だとかどこかの市場に進出するとかいうことをやるんじゃないでしょうか、」と古木君が言った。

「その力があればどうしてもそういうことになるでしょうね、」と川本さんが答えた。「併しその力があることが解っていればそんなにがりがりしないでそれがやれて又やった所でどうっていうことはなくてすむ筈だ。」

「須《すべから》く何とかせずんばあらずなんて文法まで間違えなければならないんですか、」と古木君が言った。「少くともフランスじゃそんなことはないでしょう。それをフランス人に説明するのも難しいだろうと思う。」

「フランス革命の時にはどうだったか解らないいんじゃないですか、」と川本さんが言った。「尤もその場合も東洋の長所を取り入れてなんてことはなかったんだから比較にならないかも知れない。ただ我々日本人も昔から今のような亡者じゃなかったんだっていうことが考えたいんです。」

「もう明治から三代目が出て来る頃でしょう、」とこっちは言った。「その中には親が言うことが、又従って世間のものが言うことがそれ程身に染みて耳に入らないものだっている筈なんだ。そして戻るのはもっと前の時代にでしょう、atavisme というものはあっても これから先のものに変るということはあり得ない。そのこれから先はまだ実在していないんだから。」

「誰も今晩はがりがりしてないじゃないですか、」と勘さんが言った。「だから新聞に書いてあるから嘘だっていうのは本当なのかも知れない。」

「それを後になって今ならば今の新聞を読んでね、」と川本さんが言った。「この時代はこうだったんだってその頃の新聞が書くんですよ、暗かったとか何とか。尤もそれは新聞のことで歴史家は違うだろうけれど。」

「中世紀も長い間暗い時代だったことになっていたんですね、ヨーロッパでも、」と古木君が言った。

「それもフランス革命の影響なのかな、」とこれはこっちもそれまで考えたことがないことだった。「もっと前からかな、十八世紀のヨーロッパの人間に中世紀が気に入った訳がない。」

「併し健康で烈しくて色彩に酔っていて、」と古木君が言ったのは読んだばかりの本から引用している感じだった。

「そう、だから暗いの反対だった。」その時 réhabilitation という言葉が頭に浮んで今自分が生きているこの時代も réhabiliter される必要があるようなことになるのだろうかと思ったのを覚えている。これを書いている現在ではまだ暗い時代のままであると言ったことは勿論その時は考えもしなかった。

「いつだって現在なんですよね、」と川本さんが言った。「その現在を殺しに掛っていてそこに生きていないって言ったのは誰でしたっけ、古木さん。」

「ヴァレリー、」と古木君が言った。それを聞いて安心したように川本さんが、

「日本の中世の人間が来世のことを考えていたのとは違いますね、」と続けた。「そういう来世のことを思えば思う程今の時間は今になる。そうでなくてあんな歌が作れるかっていうんです。」そこに運ばれて来る銚子が大きくなったり又小さくなったりしてこれは甚兵衛でごつごつした形のが何本も自分の前に並ぶのとも違った一種の味があるものだった。それまで大きかったのが小さくなればまだ余り飲んでない感じがして大きければ酒が充分にあることでゆとりが生じた。それが他所で出会ったことがない仕来りだったからそこの主人の工夫かも知れなくて飲むのに抑揚を付けるのを手伝っていることは確かだった。又それに意味を与えているのが銚子の中身だったことは言うまでもない。

「いつ又こんな集りをすることでしょうかね、」と銚子と料理が大分持って来られたり運び去られたりしてから川本さんが言った。「この間この方に、」とこっちの方に首を振って、「日本じゃ色んなことがまだこなれていないんだって言ったんですよ。それならばこなれるまでに更に色んなことが起るでしょう。そのがりがりしているんだってこなす為かも知れない、大きな爬虫類の中には消化を助ける為に小石を呑むのがいるっていうことだから。併し何かと起って来ると今までのようには暮して行けなくなるかも知れない。」

「戦争が始りますかね、」と勘さんが付き合いの最初の頃に一度言ったことを川本さんに聞いた。

「それは解りませんね。そうすると貴方は召集ですか。」

「近歩三です、」と勘さんがその体格に就て頷かせることを言った。

「日本はまだ近代戦ていうものをやったことがないんですよ、」と川本さんが言った。「東京が廃墟になるかも知れませんね。併しそれと我々がいつ又こうして集れるかということを結び付けることはないでしょう。そんな戦争なんていうものはいつになったら始るものか解らない。恐らく我々はその日までそういうことになると思わずにいますよ。併し我々が今ここにこうしていることは確かです。それからそのうちの二人が近いうちにフランスに行くことも先ず今晩が過ぎて明日になること位は確かでしょう。そのことからいつ又ということになるんですがね、」と川本さんはその所で我々を見廻した。「それが今の日本と関係があることとなんです。」

「そうするとそれは結局は日本がいつ変るか解らないからですか、」と古木君が言った。

「そうじゃなくて今のままであってもなんです。今でも同じ町に住んでいる人達はどうっていうことはなしに集れるでしょう、或は同じ所によく来る人達は、例えば銀座に。併しここは銀座じゃなくて我々は同じ町に住んでいない。それから、」と川本さんが又我々を見廻した。「我々だから今こうしているけれど普通は今の日本で人が方々から集るのは何かの目的があってのことでしょう、それが学校の同窓会であってもその目的は同窓会であることにある。又それが一種の自衛の手段でもある。どうしたって今の日本じゃ勝手がよく解らないことが誰にとっても多過ぎますよ、何もかも急いで作ったから。それでそれが解っているもの同士で行き来して親類で集ったりする。併しもっと風通しがよくなけりゃならないでしょう。お互に素姓だの職業だの会社だのを名乗り合わなければ話が出来ないんじゃ窮屈でしょうがない。それで我々がこうしているのは普通じゃないということになってそれでいつ又という気がしたんです。」

「今夕又何レノ夕ですか。」それも古木君が言った筈だったが勘さんかも知れなかった。「そう、だから我々はここにこうしている、」と川本さんが何度目かに繰り返して言った。「それを参と商なんて言ったって星が出会う時には出会うんでしょう。」そして他のことに頭が行ったらしくて、「皆さんは強くていい、」と付け加えた。その頃は我々も若かったということもある。

まだその春になっても気になっていることが一つ残っていてそれは勘さんと遠乗りした時に行った枯れた葦の他は何もない池だった。例えば工場が並んでいる町を歩いていてどんな感じがしてもそういう所ならばそれが当り前だと思いもすれば凡てそれが人為的なものである為にそれと自然の作用の交渉で曇り日の光線がそこに差したりしているのを一種の荒廃した旅情と受け取りもする。併し下北沢だかどこだかの先にあった池はただ高くなった地面に囲まれて池が一つあるだけなのにその寂びれ方が余りにも無残だった。大体が関東という所が人間が住み着いたのが遅かったということもあって汽車の窓からの眺めにも眼を背けたくなるのがこれは今日でも珍しくない。併しそれならばそれで一度はじっくり見た縁もあり、どこまで救いのなさが救いがないものであるのかそこまで行って確めて見たかった。併しそれにはその話を勘さんにして自転車を借りなければならなかった。「そんなに寂しい所だったかね、」と勘さんが言った。「それならば一緒に行って見る。余り寂しい思いをすることなんかないからね。」それで又二人で出掛けた。その日も曇っていたのは汗ばまないのが有難くて前と違って途中の木の緑が目に付いた。それに寒い時には体を動かしていることに自然に注意が行くものであるが今度は自転車に任せて進む具合なので沿道の町や村、或はその感じで道の両側に現れては消える家並が人が住んでいる所に見えて食べもの屋の看板が出ていれば入って行きたくもなった。そういう時にはそのような田舎に鮨屋があっても食べに寄りたくなる。そして鮨屋、蕎麦屋、食堂と看板の種類は決っていても一つの先には又一つと続くので選択に迷うのであるよりもそのどれにも寄ったのに似た気がして来てその日は地図で神社であることになっている鳥居の所に途中でどこにも寄らずに着いた。まだ昼前か少し過ぎたばかりの頃だったように思う。

そして池まで降りる前に冬来た時はただ裸になった木立ちと思っていたのが桜だったこ

とに気が付いた。それが咲いていたからである。その木立ちを通り抜けていて花が匂うようにさえ思った。別に名所でもないらしくて人が集っている訳でもなかったが何人か花見に来ているのもあってそれで冬に赤い紙切れを何枚も下げていた店の意味も解った。今度はその紙切れに書いてあるだけの飲みものその他を店で揃えているようだった。併しそこの縁台に腰掛けて池を見ていて一緒に来た勘さんにどう言い訳したものか解らなかった。そこは確かに桜の名所という程のものではなくて桜はそこまで来る途中でも咲いていた。併し池を囲んで花が雲になっているのは寂しい感じがするのから遠くて葦も青くなっていた。殆どどこからかもう大分前に廃止になった午砲が聞えて来るようで花が咲いていて兎に角それを見に人が出ている限りではそこは上野と変ることがなかった。そう言えばその頃の日本は春になると大概どこでも桜が咲いた。

「余り寂しくもないね、」とこっちはただ先廻りするだけのことを勘さんに言った。

「あれは冬だったからね、」と勘さんが散文的な返事をした。「あの時は寒かった。」それを合図のように勘さんが店のおばさんにビールを頼んでそれが運ばれて来ると今度はそれが冷やしてあってその味からそれはそこの井戸水で冷やしたらしかった。そこからの眺めは実にただその通りでどうということもないものだった。尤も桜が一面に咲いているのを見てこれが別にどうということもないというのは一つの言い方で子供の頃の記憶が懐しいのは過去を薔薇色に霞ませているのでなくて無心に眺めたことがそれだけ克明に記憶に残っているだけのことである。その意味でその池も桜も極く当り前なものだった。それならば冬それを眺めた時の異様な印象はただその通りに見るに堪えないということだけですむのではないかという気がして来た。そういうものは我々の周囲に幾らでもある。それは見るに堪えないのであるよりも見るべきでないので人が裸になった時には眼を背けなければならない。その池が裸の時に見たのだった。そこに深淵が覗いていると思ったりするものは精神に異常を呈しているので誰も死ぬ時が来るまでは死にたくないならば気違いになることも望みはしない。そんなことを考えていると勘さんが、

「もう行こうか、」と言った。実際にそこの店は大して食べるものがなさそうで二人とも空腹を感じ始めていた。

その頃のスエズ運河経由でヨーロッパに行く航路では船に横浜、神戸、或はそれに間に合わない時には下関から乗ることが出来てその間に合わないということでも解るように船よりも汽車の方が早かったから先の港で乗船する程陸を離れるのを延ばすことが出来た。それで多くのものはその中間を取って神戸まで行って船に乗ったが川本さんは初めから船の方が楽だという考えで古木君も川本さんと一緒に横浜から立つことになった。古木君にして見てもフランスに行くのが目的なのに一日か二日長く日本にいるのは意味がなかった

に違いない。それで古木君と西洋料理を食べに出掛けた横浜の公園の辺から今度は本式に埠頭の方に送りに行くことになった。尤も古木君は川本さんと先に行っていて船は郵船会社の白山丸だった。それが何番の埠頭から出ることになっていたのかはもう覚えていない。「一緒に連れて行ってくれないかな、」と勘さんが言った。「まだ人が船で立つのを送ったことがないんだ。」それでその日は勘さんと一緒で古木君と行った時のように円タクを勘さんの店の前で拾った。何故か知らないがその頃、或はもっと前から自分が立つのでも人を送るのでも船が出る時にはいつも晴れていたような気がする。それがずっと前のことならばただのそういう気のせいであってもその日は兎に角朝から晴れていた。その方が海が海らしく見える。

「古木さんは嬉しいんだろうな、」と車の中で勘さんが言った。

「それはそうだろう。初めに会った時から行きたがっていたから。」

「そんなに見たこともない所に行きたいかね、」と勘さんが言った。

「昔の日本人はね、見たこともない女にその、自分の女になって貰いたいと思って恋い焦れたんだよ、」とこっちは言った。「それも本当に焦れたんだ。」

「全然見たことがなくてか。」

「それは噂に聞くとか、その女が作った歌に感心するとか女が使っている香の移り香がどこかに残っていたとか、兎に角その位のことで。」

「頭がよかったのかね、」と勘さんが言った。「一を聞いて十を知るという風にさ。」これは新解釈だった。もし雑誌の表紙か何かで幾度も見せ付けられて漸く女が女に思えるのが鈍感の極みならばその反対は鈍感の反対であることになる。これは勘さんが言う通りに違いなくて末摘花《すえつむはな》の昔がそう昔でもない気がして来た。それで、

「そうなんだろうと思う、」と言った。「古木君も女を見る一歩手前まで来ていて後は実際に会うことだけが残っているという所だろう。」

「併し会って見てがっかりしないかね、」と勘さんが言った。

「先ずないね。」古木君にはヨーロッパ、或は少くともフランスの鼻の形まで解っている筈だった。それで何故女でも場所でも又その他どういうものでも実際に眼で確めて手で触って見なければ納得が行かないのかという昔からの疑問が起きて来たが、これは勘さんに聞いても誰に聞いても仕方ないことに思われた。

送り迎えの人達の為に出来た二階建ての建物と向き合って船が横付けになっている埠頭は最後に大分前に見た時とどこも変っていなかった。白山丸は郵船会社の所謂《いわゆる》H級の船で一万トン足らずではあっても埠頭からは見上げる他ない大きさでその舷側までこれも幾度も踏んだことがある型の車が付いていて押して廻れる梯子が通路になっていてそれを登っ

た所に我々が来るのを待っていた様子の古木君がいた。こういう際にはただ「やあ、」とでも言うか或はそれを言ったような顔付きをする他ない。勘さんが川本さんを探しに行った。Bon voyage, cher Monsieur Dumollet というまだ若い頃に聞いた歌の一行が唐突に記憶に戻って来てそれがその先の行で Pistolet で終っているのと押韻することまで頭のどこかに浮んだ。これだけは古木君も知らないだろうと思うと可笑しくて気が軽くなり、何となく前甲板の方に二人で歩いて行きながら、

「お送りの方々はお撒きになったんですか、」とどうでもいいことを聞いた。

「それがその大騒ぎでね、」と古木君が言った。「食堂に集っているんです。」そう言えば確か送りに来たものが降りるまでは食堂も酒場も開いている筈だった。併しそれならば古木君をそこへ返さなければならなかった。それにはどうすればいいか考えていると勘さんが川本さんを連れて人込みの中から現れたので古木君が言ったことを受けて、

「お送りの方達が大変でしょう。我々はこの辺で失礼します、」と自然に別れの言葉が口から出た。それからどの位してか勘さんと二人で埠頭の切っ先に立って船が防波堤を後にするのを眺めていてその煙突に付けた白地に赤い太い線が二本入った郵船の印が鮮かだった。

解説　日本的な文明批評の到達点

島内裕子

『東京の昔』には、吉田健一の魅力が詰まっている。『東西文学論』も『文学概論』も『私の食物誌』も『交遊録』も、すべてが渾然一体となって、絶妙の味わいの酒のように、この稀有な作品の中に注ぎ込まれているからである。読者は吉田健一と差し向かいで、自分の盃に注がれるその酒をゆっくりと味わううちに、いつになく伸びやかな気持ちになり、吉田健一とともに、どんな天空の高みも、どんな深い海の底も、自在に往還しながら、文学の限りない広がりと豊かさを実感できる。

もっとも、このことは『東京の昔』に限らず、昭和四十五年刊行の長編評論『ヨオロッパの世紀末』を分水嶺として、立て続けに刊行された六冊の長編小説すべてに言えることで、時空を超える不思議な光景に満ちた『金沢』や、優雅な伯爵夫人が自分にふさわしい男に出会うのが印象的な『本当のやうな話』など、何度繰り返し読んだかわからない。しかし、描かれている情景が身近に感じられる点では、『東京の昔』が吉田健一の長編小説の中で、随一ではないだろうか。

名著の誉れ高い『ヨオロッパの世紀末』は、読む者の心を、そのまま晴れやかな戸外に連れ出してくれる。そこに描かれているのは、まずは十八世紀の人々の姿であり、「歴史」「文化」「文明」などといったどこかしら四角張ったものよりも、吉田健一が言葉によって甦らせた、もっと具体的で親しみやすい人間精神の理想の姿である。モーツァルトの嬉遊曲を背景に、繻子《しゅす》の光沢や葡萄酒の色が煌《きら》めく時、人々の言葉がどれほど艶《つや》めいて空中に響くことか。平安朝の女たちの優雅をワットオの絵に見出すことが、どれほど人間が人間であることの証しとなりうるか。『ヨオロッパの世紀末』の忘れられない場面である。

『ヨオロッパの世紀末』の連載を終えた翌月、その手応えに促されるようにして、最初の長編小説『瓦礫の中』の冒頭部分が文芸誌に掲載されたのだった。ちなみに、吉田健一の短編小説集は、すでに昭和三十年代に『酒宴』と『残光』の二冊がある。これらの短編小説の融通無碍《ゆうずうむげ》な楽しさは、吉田が子どもの頃から愛読し続けていた、柴田天馬の『和訳・聊斎志異《りようさいしい》』を思わせる。

それはさておき、『ヨオロッパの世紀末』から、奔流となって溢れ出したのが、それまでの吉田になかった、長編小説というスタイルだった。何をどのように書いてもよい小説なればこそ、頁を開く読者は、固唾《かたず》を呑んでそこに広がる世界のすべてを、視界に収めようとする。

『東京の昔』は、吉田健一の長編の中では五番目に発表された小説である。この作品以前に、戦後の焼け野原の東京を舞台にして、住まいを建てるまでを描いたのが、最初の長編小説『瓦礫の中』である。次に、身の回りに置く理想の調度品を集めて邸宅が完成するまでを描く『絵空ごと』、さらに続いて、理想の住まいでの日常を描く『本当のやうな話』、という順序で、「東京三部作」とでも総称できる三作が書かれた。これらの作品は、登場人物はそれぞれ別であるが、戦後の東京における住まいのあり方が通底し、作中の男女が文学談義や文明論を交わすことなども共通していて、一連の作品として読める。吉田健一の長編小説では、こういった文学談義や文明論が、登場人物たちのなごやかな会話の中に溶け込んでいるのが大きな魅力で、吉田自身、長編小説を書き出す十年も前に、『文学概論』で次のように述べている。

《我々人間は生きてゐる間の半分はものを考へて、観念を追つたり、これに動かされたりしてゐるのであるから、その状態を凡《すべ》て言葉で描く対象から外すことは、観念よりも人間の方から始めるのが普通である小説家の仕事でも、人間の半分は言葉にならずにゐることになる。従つて又、それは残りの半分も描けてゐないことなので、女の描写が新鮮であるなどと言つても、ものを考へない女といふものはない。》

まさにこの言葉を活かして創作されたのが、『瓦礫の中』をはじめとする六編の長編小説だった。「東京三部作」の後に、第四作『金沢』で舞台が金沢に移ったのは大きな方向転換だが、人間そのものをテーマとする『ヨオロッパの人間』と『交遊録』を間に挟んだその後に、まるでこの二冊から撞《つ》き出された鐘の響きのように、今度は住まいよりも、人間同士の交遊を中心に描く第五作『東京の昔』が書かれ、再び東京が戻ってきた。最後の長編小説『埋れ木』も東京が舞台で、あわや自宅が消滅するかという危機を乗り切って、それまで通りの日常が続くことになる。

さて『東京の昔』は、昭和四十八年五月から十一月まで、文芸誌『海』に七回にわたって連載されて、翌年の昭和四十九年三月に単行本として刊行された。本郷信楽《しがらき》町に下宿住まいする男の一年余りを描く小説で、冬から始まって四季が一巡し、年が明ければまた春がやって来て、作品が閉じられる。季節の移ろいが継ぎ目もなく滑らかなように、この小説の世界もよどみなく昼となり、夜となり、語り手の男は、近所の自転車屋の若主人「勘さん」や、帝大生でフランス文学を研究中の若者「古木君」と、いつのまにか親しくなる。勘さんの自転車改良を支援したり、パリを夢見る古木君のことで相談に乗ってくれたりするお金持ちの「川本さん」も、下宿の女主人「おしま婆さん」も、皆が皆、自分らしく振る舞うことによって、互いの親しみを増してゆき、そのことを読者もまた、喜ぶ。

登場人物が少なく、舞台もほとんどが本郷とその周辺。そんなこともこの作品の親密な感じを生み出す要因なのだろう。たまに山王下や銀座や横浜まで出掛けても、本郷のおでん屋に行けば、いつでも勘さんや古木君に会える。そこでの話題が、勘さんとの時は自転車や酒のこと、古木君との時はプルーストやラフォルグのことであっても、二人のどちらとも語り合えるのが、一番の楽しさ。だから、この小説は交遊記でもある。

『金沢』の場合は、東京に自宅を持つ男が時折金沢にやって来て、地元の人々の案内で、夢幻郷を体験するといった要素が強い。これに対して、『東京の昔』では、本郷の下宿に腰を据えて、おしま婆さんと湯豆腐をつつくような、落ち着きのある日々の暮らしが、平穏に過ぎてゆく中で、語り手である主人公自身が、勘さんと古木君と川本さんの三人を、それぞれ引き合わせたりもする。

そのような、世の中のどこにでもいる人間同士が、互いに親しくなるということが意外に少ないのが現実で、学生は学生同士、会社員は会社員同士、商店主は商店主同士のつきあいが一つの枠となって、その人の人生を型に嵌《は》めてしまう。吉田が『交遊録』の中で、「人間であるといふことは誰とでも、或は少くともどういふ仕事をしてゐる人間とでも付き合へることを意味し、それならば友達にもその職業の上での制限がある訳がない」と述べていることは、『東京の昔』の世界と一直線に繋がっている。ちなみに『交遊録』は、『東京の昔』の刊行とちょうど同じ年の同じ三月に出た本で、祖父牧野《まきの》伸顕《のぶあき》と父吉田茂を両端に置いて、英国留学で出会った人々や、帰国後に親しくなった文士たち、灘の酒造りの名人など、多彩な友達のことを書いている。文芸誌への連載は『交遊録』の方が一年近く早い出発だったが、その最後の二回は、『東京の昔』の連載の、最初の二回と時期が重なっている。

ところで、帝大の森を借景に、町中に住んでこれといった職にもつかず、しかも人生に窮することのない主人公の生き方は、「閑居」の一言に尽きよう。『東京の昔』は、交遊記であると同時に、閑居記でもある。湯豆腐とおでんの冬、風が吹いて埃が立つ春、若葉青葉が目に燃え立ち、雨が続いて泥道の電信柱に自転車が立てかけてある夏……。

しかしこう書いてくれれば、実際はこれらのことが現代のわたしたちの周囲から消え去ったわけではないことに気づく。作品の舞台となっているのは一九三〇年代、言い換えれば昭和一桁《ひとけた》から十年代半ば頃までという時代である。戦争の危機をしのばせながらも、明治以来の近代日本が、ひとつの成熟期を迎えて小休止しているような、かつてない時代の相貌を描いているところに、この本の真骨頂がある。けれども『東京の昔』は、過ぎ去ってしまった戦前の情景や人情を、吉田健一が懐古しているだけの小説ではない。今という時間をどう生きるかという理想を、問題にしているのである。この本からいつまでも古びることない新鮮な感じを受けるのは、普段わたしたちが、ややもすれば季節の移ろいや天候の変化を気にも留めず、毎日を齷齪《あくせく》送りがちだったと思い出させてくれるからだろう。

閑居とは、何もすることがなくて、ぶらぶらしている状態を意味するのではない。今を生きる喜びと楽しみを、実感しながら生きることが閑居であって、この生き方こそは、いつの時代にも、人々が憧れつつ、なかなか実現できない生き方だった。それでも、今を生きる喜びと楽しみは、自由な読書人である兼好が書いた『徒然草』にも、太閤秀吉の甥で関ヶ原の合戦後、東山に隠棲した木下長嘯子《ちょうしょうし》の風雅な住居記にも、モーツァルトと同じ十八世紀半ば生まれの大田南畝《おおたなんぽ》の文業にも、途絶えることなく続いて、近代を迎える。

思えば西欧への留学体験を持つ鷗外も漱石も、市隠に憧れ、閑居に憧れた文学者だった。鷗外の『細木香以《さいきこうい》』は、後に自分たちの住まいとなった家の第一印象を、「市隠の居所」という言葉で書いているし、漱石の『野分』や『硝子戸の中』は、その色調に一抹の寂しさがまとわりついているとしても、心の平安を求める点で、「心もし安からずは、象馬《ざうめ》・七珍《しっちん》も由無《よしな》く、宮殿《くうでん》・楼閣《ろうかく》も望みなし」と書いた『方丈記』以来の、閑居記の系譜上にある。宮殿も楼閣も出てこない『東京の昔』もまた、閑居記の王道を往く。

『東京の昔』の中で一読忘れがたい冬の湯豆腐には、漱石の『野分』のワンシーンが重なるし、鷗外がそこから目を逸らさなかった若者の行動に、瞬間的にであれ、触れるシーンもある。上田敏の小説『渦巻《うずまき》』で展開されるヨーロッパ芸術に対する憧憬と、それを美酒として飲み干して、自らの血肉としたいという熱望は、そのまま『東京の昔』でも、古木君の会話に弾みをつける。柔らかく降り積もって、肥沃な土壌を形成した日本の近代小説群の上に、吉田健一の作品も花開いた。

吉田健一の文学形成は、初期から最晩年まで一貫して、ヨーロッパの文学・思想と深く結び付き、ポー、ワイルド、ヴァレリーなどの見事な翻訳や、『時間』『変化』といった深い思索の書物を生み出したが、吉田健一の長編小説は、間違いなく古典から近代まで、日本文学の達成を受け継いでいる。その点が、終生批評家だった小林秀雄との違いで、吉田健一の底知れぬ教養も、自在さもユーモアも、兼好や南畝、鷗外や漱石と手を携えて、わたしたちと隣り合わせとも言える近しさだ。若き日の吉田健一が、銀座の資生堂のどこがよいのかと横光利一に問われて、「日本的だから」と答えたように、吉田健一のよさも「日本的だから」という答えに尽きる。

吉田の最初の長編小説が『瓦礫の中』であることは先ほど述べたが、ちょうどその頃、「季節」という短いエッセイを吉田健一は書いている。このエッセイは、昭和四十五年九月号の『オール讀物』に掲載されたもので、三段組み見開き二頁の冒頭に、「絵と文」吉田健一、とある。吉田自身が描いた絵をカットに使ってあるのは珍しいが、この頁は「絵《え》入《いり》ずいひつ」と銘打つコーナーなのだ。

左頁の中段に、太いペン書きの略画で、向かって右上から、牡丹雪が降り積む二軒の三角屋根、その下には、辛夷《こぶし》か木蓮のような花が三輪、枝付きで描かれ、花の下には「健」という字を丸で囲んだサイン。絵の中央は、酒らしきものが注がれたゴブレット。その杯に注ぎ込むように、上から細い線が何本も描かれているのは、雨だろうか。絵の左上には大きなトンボが一匹、羽を広げて上空に向けて飛んでいる。その下は、水平線の向こうにむくむくとした入道雲。冬が来て雪が降り、春になって花が咲き、ビールが旨い真夏になり、トンボが飛んでゆくその先には、秋がある……。そんな季節の推移を描いて、おおらかで無邪気だ。本文の末尾近くには、昔は樋を付けずに雨を下の石に打たせたことや、雨後の緑の美しさに続けて、次のような一節がある。

《或は寧《むし》ろそんなことさえも頭に浮ばなくて絶え間がない雨の音は静寂に近いものになり、外の水の厚さに囲まれて自分が一人でいることを確認する。それにこの雨の音は絶え間がないことで不変に繋《つなが》り、いつまでもこうだという気持になるのにこれに越すものはない。》

絶え間なく雨が降り続き、なすこともない無聊の時間……。まさにこの時間こそが、王朝文学以来、文学者の心に堆積してきた「つれづれ」の原義である。つれづれなる閑居の中にあってはじめて、由無し事《よしなごと》が浮かんでくる。その由無し事こそが、書くに価する心の実体なのだ。どんな思索も錘《おもり》を外され、型に嵌まらぬ自由な広がりとなって、消えては浮かび、いつのまにかどこへともなく移ろい、再び消えて、また揺らめく。こうしていつまでも自分の心を満たし続ける、筋らしい筋もない観念や考え。それらが発する声……。

『東京の昔』に描かれている時代は、シェストフの『悲劇の哲学』が河上徹太郎によって翻訳されるや、「シェストフ的不安」という流行語が生れるような時代であった。この言葉の意味を河上自身は「知的万能に対する懐疑、それから生れる虚無観、そして人生の不合理、醜悪、絶望をはっきり公言する勇気」と解説している（『私の詩と真実』より）。しかし、冬空の下、作中で荒涼たる姿を曝《さら》した池も、翌春桜が咲く頃には、何事もなかったかのように甦る。それは季節の変化が、人間の心に、ある時は無惨な思いをさせ、ある時は慰めもするからで、「不変」というものがあるとしたら、「常に変化し続けること」を措いて外にはない。

季節となって移ろう時間の流れに、呼吸を合わせて生きること。人生の楽しみと喜びは、閑居と交遊にあること。『東京の昔』は、そのことをわたしたちに教えてくれる。

「これは本郷信楽町に住んでいた頃の話である」という書き出しは何げないが、いまだにこの地名を、古い地図からも見つけられずにいる。けれどもこの本を開くなら、確かに、本郷信楽町も、勘さんも古木君も、そしておしま婆さんも川本さんも、実在する。

一、本書は一九七四年三月一日に、中央公論社より刊行された。
二、本書には、今日の人権意識に照らして不適切と思われる語句や表現があるが、時代的背景と、作品の歴史的・資料的価値にかんがみ、加えて著者が故人であることから、そのままとした。

日本人の死生観　立川昭二

西行、兼好、芭蕉等代表的古典を読み、「死」の先達から「終(しま)い方」の極意を学ぶ指針の書。日本人の心性の基層とは何かを考える。（島内裕子）

魂の形について　多田智満子

鳥、蝶、蜜蜂などに託されてきた魂の形象。夢のようでありながら真実でもあるものに目を凝らし、想念を巡らせた詩人の代表的エッセイ。（金沢百枝）

頼山陽とその時代（上）　中村真一郎

江戸後期の歴史家・詩人頼山陽の生涯は、病による異変とともに始まった——。山陽や彼と交流のあった人々を活写し、漢詩文の魅力を伝える傑作評伝。

頼山陽とその時代（下）　中村真一郎

江戸の学者や山陽の弟子たちを眺めた後、畢生の書『日本外史』をはじめ、山陽の学藝を論じて大著は幕を閉じる。芸術選奨文部大臣賞受賞。（揖斐高）

平家物語の読み方　兵藤裕己

琵琶法師の「語り」からテクスト生成への過程を検証し、「盛者必衰」の崩壊感覚の裏側に秘められた王権の目論見を抽出する斬新な入門書。（木村朗子）

定家明月記私抄　堀田善衛

美の使徒・藤原定家の厖大な日記『明月記』を読みとき、大乱世の相貌と詩人の実像を生き生きと描く名著。本篇は定家一九歳から四八歳までの記。

定家明月記私抄　続篇　堀田善衛

壮年期から、承久の乱を経て八〇歳の死まで。乱世を生きぬき宮廷文化最後の花を開いた藤原定家の人と時代を浮彫りにする。（井上ひさし）

都市空間のなかの文学　前田愛

鷗外や漱石などの文学作品と上海・東京などの都市空間——この二つのテクストの相関を鮮やかに捉えた近代文学研究の金字塔。（小森陽一）

増補　文学テクスト入門　前田愛

漱石、鷗外、芥川などのテクストに新たな読みの可能性を発見し、〈読書のユートピア〉へと読者を誘なう、オリジナルな入門書。（小森陽一）

後鳥羽院　第二版　丸谷才一

後鳥羽院は最高の天皇歌人であり、その和歌は藤原定家の上をゆく。「新古今」で偉大な批評家の才も見せる歌人を論じた日本文学論。（湯川豊）

図説　宮澤賢治　天沢退二郎／栗原敦／杉浦静編

賢治を囲む人びとや風景、メモや自筆原稿など、約250点の写真から詩人の素顔に迫る。第一線の賢治研究者たちが送るポケットサイズの写真集。

宮沢賢治　吉本隆明

生涯を決定した法華経の理念は、独特な自然の把握や倫理に変換された無償の資質といかに融合したのか？　作品への深い読みが賢治像を画定する。

東京の昔　吉田健一

第二次大戦により失われてしまった情緒ある東京。その節度ある姿、暮らしやすさを通してみせる、作者一流の味わい深い文明批評。（島内裕子）

日本に就て　吉田健一

政治に関する知識人の発言を俎上にのせ、責任ある市民に必要な「見識」について舌鋒鋭く論じつつ、路地裏の名店で舌鼓を打つ。甘辛評論選。（苅部直）

甘酸っぱい味　吉田健一

酒、食べ物、文学、日本語、東京、人、戦争、暇つぶし等々についてつらつら語る、どこから読んでもヨシケンな珠玉の一〇〇篇。（四方田犬彦）

英国に就て　吉田健一

少年期から現地での生活を経験し、ケンブリッジに進んだ著者だからこそ書ける極めつきの英国文化論。既存の英国像がみごとに覆される。（小野寺健）

私の世界文学案内　渡辺京二

文学こそが自らの発想の原点という著者による世界文学案内。深い人間観・歴史観に裏打ちされた温かな語り口で作品の世界に分け入る。（三砂ちづる）

平安朝の生活と文学　池田亀鑑

服飾、食事、住宅、娯楽など、平安朝の人びとの生活を、『源氏物語』や『枕草子』をはじめ、さまざまな古記録をもとに明らかにした名著。（高田祐彦）

紀貫之
大岡信
子規に「下手な歌よみ」と痛罵された貫之。この評価は正当だったのか。詩人の感性と論理的実証によって新たな貫之像を創出した名著。（堀江敏幸）

現代語訳 信長公記（全）
太田牛一
榊山潤訳
幼少期から「本能寺の変」まで、織田信長の足跡をつぶさに伝える一代記。作者は信長に仕えた人物で、史料的価値も極めて高い。（金子拓）

現代語訳 三河物語
大久保彦左衛門
小林賢章訳
三河国松平郷の一豪族が徳川を名乗って天下を治めるまで、主君を裏切ることなく忠勤にはげんだ大久保家。その活躍と武士の生き方を誇らかに語る。

雨月物語
上田秋成
高田衛／稲田篤信校注
上田秋成の独創的な幻想世界「浅茅が宿」「蛇性の婬」など九篇を、本文、語釈、現代語訳、評を付しておくる〝日本の古典〟シリーズの一冊。

古今和歌集
小町谷照彦訳注
王朝和歌の原点にして精髄と仰がれてきた第一勅撰集の全歌訳注。歌語の用法をふまえ、より豊かな読みへと誘う索引類や参考文献を大幅改稿。

枕草子（上）
清少納言
島内裕子校訂・訳
芭蕉や蕪村が好み与謝野晶子が愛した、北村季吟の注釈書『枕草子春曙抄』の本文を採用。江戸、明治と読みつがれてきた名著に流麗な現代語訳を付す。

枕草子（下）
清少納言
島内裕子校訂・訳
『枕草子』の名文は、散文のもつ自由な表現を全開させ、優雅で辛辣な世界の扉を開いた。随筆文学屈指の名品は、また成熟した文明批評の顔をもつ。

徒然草
兼好
島内裕子校訂・訳
後悔せずに生きるには、毎日をどう過ごせばよいか。人生の達人による不朽の名著。全二四四段の校訂原文と、文学として味読できる流麗な現代語訳。

方丈記
鴨長明
浅見和彦校訂・訳
天災、人災、有為転変。そこで人はどう生きるべきか。この永遠の古典を、混迷する時代に生きる現代人ゆえに共鳴できる作品として訳解した決定版。

梁塵秘抄　植木朝子編訳

平安時代末の流行歌、今様。みずみずしく、時にユーモラス、また時に悲惨でさえある、生き生きとした今様から、代表歌を選び懇切な解説で鑑賞する。

藤原定家全歌集(上)　藤原定家／久保田淳校訂・訳

『新古今和歌集』の撰者としても有名な藤原定家自作の和歌約四千二百首を収録。上巻には私家集『拾遺愚草』を収め、全歌に現代語訳と注を付す。

藤原定家全歌集(下)　藤原定家／久保田淳校訂・訳

下巻には『拾遺愚草員外』『同員外之外』および「初句索引」等の資料を収録。最新の研究を踏まえ、現在知られている定家の和歌を網羅した決定版。

定本 葉隠〔全訳注〕(上)(全3巻)　山本常朝／田代陣基／佐藤正英校訂／吉田真樹監訳注

武士の心得として、一切の「私」を「公」に奉る覚悟を語り、日本人の倫理思想に巨大な影響を与えた名著。上巻はその根幹「教訓」を収録。決定版新訳。

定本 葉隠〔全訳注〕(中)　山本常朝／田代陣基／佐藤正英校訂／吉田真樹監訳注

常朝の強烈な教えに心を衝き動かされた陣基は、武士のあるべき姿の実像を求める。中巻では、治世と乱世という時代認識に基づく新たな行動規範を模索。

定本 葉隠〔全訳注〕(下)　山本常朝／田代陣基／佐藤正英校訂／吉田真樹監訳注

躍動する鍋島武士たちを活写した聞書八・九と、信玄・家康などの戦国武将を縦横無尽に論評した聞書十、補遺篇の聞書十一を下巻には収録。全三巻完結。

現代語訳 応仁記　志村有弘訳

応仁の乱——美しい京の町が廃墟と化すほどのこの大乱はなぜ起こり、いかに展開したのか。室町時代に書かれた軍記物語を平易な現代語訳で。

現代語訳 藤氏家伝　沖森卓也／佐藤信／矢嶋泉訳

藤原氏初期の歴史が記された奈良時代後半の書。藤原鎌足とその子貞慧、そして藤原不比等の長男武智麻呂の事績を、明快な現代語訳によって伝える。

古事談(上)　源顕兼編／伊東玉美校訂・訳

鎌倉時代前期に成立した説話集の傑作。空海、道長、西行、小野小町など、奈良時代から鎌倉時代にかけての歴史、文学、文化史上の著名人の逸話集成。

古事談（下） 源顕兼 編／伊東玉美 校訂・訳

代々の知識人が、歴史の副読本として活用してきた名著。各話の妙を、当時の価値観を復元して読み解く。現代語訳、注、評、人名索引を付した決定版。

古事記注釈 第四巻 西郷信綱

高天の原より天孫たる王が降り来り、天照大神は伊勢に鎮まる。王と山の神・海の神との聖婚から神武天皇が誕生し、かくて神代は終りを告げる。

風姿花伝 世阿弥／佐藤正英 校注・訳

秘すれば花なり——。神・仏に出会う「花」（感動）をもたらすべく能を論じ、日本文化史上稀有な、奥行きの深い幽玄な思想を展開。世阿弥畢生の書。

万葉の秀歌 中西進

万葉研究の第一人者が、珠玉の名歌を精選。宮廷の貴族から防人まで、あらゆる地域・階層の万葉人の心に寄り添いながら、味わい深く解説する。

日本神話の世界 中西進

記紀や風土記から出色の逸話をとりあげ、かつて息づいていた世界の捉え方、それを語る言葉を縦横に考察。神話を通して日本人の心の源にわけいる。

解説 徒然草 橋本武

『銀の匙』の授業で知られる伝説の国語教師が、「徒然草」より珠玉の断章を精選して解説。その授業実践が凝縮された大定番の古文入門書。（齋藤孝）

解説 百人一首 橋本武

灘校を東大合格者数一に導いた橋本武メソッドの源流と実践がすべてわかる！ 名文を味わいつつ、語彙や歴史も学べる名参考書文庫化の第二弾！

江戸料理読本 松下幸子

江戸時代に刊行された二百余冊の料理書の内容と特徴、レシピを紹介。素材を生かし小技をきかせた江戸料理の世界をこの一冊で味わい尽くす。（福田浩）

萬葉集に歴史を読む 森浩一

古の人びととの愛や憎しみ、執念や悲哀。萬葉集には、数々の人間ドラマと歴史の激動が刻まれている。考古学者が大胆に読む、躍動感あふれる萬葉の世界。

ヴェニスの商人の資本論　岩井克人

〈資本主義〉のシステムやその根底にある〈貨幣〉の逆説とは何か。その怪物めいた謎をめぐって、明晰な論理と軽妙な洒脱さで展開する諸考察。

現代思想の教科書　石田英敬

今日我々を取りまく〈知〉は、4つの「ポスト状況」から発生した。言語、メディア、国家等、最重要論点のすべてを一から読む！　決定版入門書。

記号論講義　石田英敬

モノやメディアが現代人に押しつけてくる記号の嵐。それに飲み込まれず日常を生き抜くには？　東京大学の講義をもとにした記号論の教科書決定版！

プラグマティズムの思想　魚津郁夫

アメリカ思想の多元主義的な伝統は、九・一一事件以降変貌してしまったのか。「独立宣言」から現代のローティまで、その思想の展開をたどる。

増補 女性解放という思想　江原由美子

「女性解放」はなぜ難しいのか。リブ運動への揶揄を論じた「からかいの政治学」など、運動・理論における対立や批判から、その困難さを示す論考集。

増補 虚構の時代の果て　大澤真幸

オウム事件は、社会の断末魔の叫びだった。衝撃的事件から時代の転換点を読み解き、現代社会と対峙する意欲的論考。（見田宗介）

言葉と戦車を見すえて　加藤周一　小森陽一／成田龍一編

知の巨人・加藤周一が、日本と世界の情勢について、何を考え何を発言しつづけてきたのかが俯瞰できる論考群を一冊に集成。（小森・成田）

敗戦後論　加藤典洋

なぜ今も「戦後」は終わらないのか。敗戦がもたらした「ねじれ」を、どう克服すべきなのか。戦後問題の核心を問い抜いた基本書。（内田樹＋伊東祐吏）

言葉と悲劇　柄谷行人講演集成 1985-1988　柄谷行人

シェイクスピアからウィトゲンシュタインへ、西田幾多郎からスピノザへ。その横断的な議論は批評の可能性そのものを顕示する。計14本の講演を収録。

柄谷行人講演集成 1995-2015 思想的地震　柄谷行人

根底的破壊の後に立ち上がる強靭な言葉と思想——。この20年間の代表的講演を著者自身が精選した待望の講演集。学芸文庫オリジナル。

増補 広告都市・東京　北田暁大

都市そのものを広告化してきた80年代消費社会。その戦略と、90年代のメディアの構造転換は現代を生きる我々に何をもたらしたか、鋭く切り込む。

インテリジェンス　小谷賢

スパイの歴史、各国情報機関の組織や課題から、情報との付き合い方まで——豊富な事例を通して「情報」のすべてがわかるインテリジェンスの教科書。

20世紀思想を読み解く　塚原史

「自由な個人」から「全体主義的な群衆」へ。人間という存在が劇的に変質した世紀の思想を、無意味・未開・狂気等キーワードごとに解読する。

緑の資本論　中沢新一

『資本論』の核心である価値形態論を一神教的に再構築することで、自壊する資本主義からの脱出の道を考察した、画期的論考。（矢田部和彦）

反＝日本語論　蓮實重彦

仏文学者の著者、フランス語を母国語とする夫人、日仏両語で育つ令息。三人が遭う言語的葛藤から見えてくるものとは？（シャンタル蓮實）

橋爪大三郎の政治・経済学講義　橋爪大三郎

政治は、経済は、どう動くのか。この時代を生きるために、日本と世界の現実を見定める目を養い、考える材料を蓄え、構想する力を培う基礎講座！

フラジャイル　松岡正剛

なぜ、弱さは強さよりも深いのか？ 薄弱・断片・あやうさ・境界・異端……といった感覚に光をあて、「弱さ」のもつ新しい意味を探る。（高橋睦郎）

言葉とは何か　丸山圭三郎

言語学・記号学についての優れた入門書。ソシュール研究の泰斗が、平易な語り口で言葉の謎に迫る。術語・人物解説、図書案内付き。（中尾浩）

戦争体験　安田武

わかりやすい伝承は何を忘却するか。戦後における戦争体験の一般化を忌避し、矛盾に満ちた自らの体験の「語りがたさ」を直視する。（福間良明）

〈ひと〉の現象学　鷲田清一

知覚、理性、道徳等。ひとをめぐる出来事は、哲学の主題と常に伴走する。ヘーゲル的綜合を目指すでなく、問いに向きあいゆるやかにトレースする。

モダニティと自己アイデンティティ　アンソニー・ギデンズ　秋吉美都／安藤太郎／筒井淳也訳

常に新たな情報に開かれ、継続的変化が前提となる後期近代で、自己はどのような可能性と苦難を抱えるか。独自の理論的枠組を作り上げた近代的自己論。

ありえないことが現実になるとき　ジャン＝ピエール・デュピュイ　桑田光平／本田貴久訳

なぜ最悪の事態を想定せず、大惨事は繰り返すのか。経済か予防かの不毛な対立はいかに退けられるか。認識の根源を問い、抜本的転換を迫る警世の書。

空間の詩学　ガストン・バシュラール　岩村行雄訳

家、宇宙、貝殻など、さまざまな空間が喚起する詩的イメージ。新たなる想像力の現象学を提唱し、人間の夢想に迫るバシュラール詩学の頂点。

リキッド・モダニティを読みとく　ジグムント・バウマン　酒井邦秀訳

変わらぬ確かなものなどもはや何一つない現代世界。社会学の泰斗が身近な出来事や世相から〈液状化〉の具体相に迫る真摯で痛切な論考。文庫オリジナル。

社会学の考え方〔第2版〕　ジグムント・バウマン／ティム・メイ　奥井智之訳

日常世界はどのように構成されているのか。日々変化する現代社会をどう読み解くべきか。読者を〈社会学的思考〉の実践へと導く最高の入門書。新訳。

コミュニティ　ジグムント・バウマン　奥井智之訳

グローバル化し個別化する世界のなかで、コミュニティはいかなる様相を呈しているか。安全をとるか、自由をとるか。代表的社会学者が根源から問う。

近代とホロコースト〔完全版〕　ジグムント・バウマン　森田典正訳

近代文明はホロコーストの必要条件であった――。社会学の視点から、ホロコーストを現代社会の本質に深く根ざしたものとして捉えたバウマンの主著。

責任と判断
ハンナ・アレント
ジェローム・コーン編
中山元訳
思想家ハンナ・アレント後期の未刊行論文集。人間の責任の意味と判断の能力を考察し、考える能力の喪失により生まれる〈凡庸な悪〉を明らかにする。

政治の約束
ハンナ・アレント
ジェローム・コーン編
高橋勇夫訳
われわれにとって「自由」とは何であるのか――。政治思想の起源から到達点までを描き、政治的経験の意味に根底から迫った、アレント思想の精髄。

プリズメン
Th・W・アドルノ
渡辺祐邦／三原弟平訳
「アウシュヴィッツ以後、詩を書くことは野蛮である」。果てしなく進行する大衆の従順化と、絶対的物象化の時代における文化批判のあり方を問う。

スタンツェ
ジョルジョ・アガンベン
岡田温司訳
西洋文化の豊饒なイメージの宝庫を自在に横切り、愛・言葉そして喪失の想像力が表象に与えた役割をたどる。21世紀を牽引する哲学者の博覧強記。

事物のしるし
ジョルジョ・アガンベン
岡田温司／岡本源太訳
パラダイム・しるし・哲学的考古学の鍵概念のもと、「しるし」の起源や特権的領域を探求する。私たちを西洋思想史の彼方に誘うユニークかつ重要な一冊。

アタリ文明論講義
ジャック・アタリ
林昌宏訳
歴史を動かすのは先を読む力だ。混迷を深める現代文明の行く末を見通し対処するにはどうすればよいのか。「欧州の知性」が危難の時代を読み解く。

時間の歴史
ジャック・アタリ
蔵持不三也訳
日時計、ゼンマイ、クオーツ等。計時具から見えてくる人間社会の変遷とは？　J・アタリが「時間と暴力」「暦と権力」の共謀関係を大柄に描く大著。

風水
エルネスト・アイテル
中野美代子／中島健訳
中国の伝統的思惟では自然はどのように捉えられているのか。陰陽五行論・理気二元論から説き起こし、風水の世界を整理し体系づける。（三浦國雄）

コンヴィヴィアリティのための道具
イヴァン・イリイチ
渡辺京二／渡辺梨佐訳
破滅に向かう現代文明の大転換はまだ可能だ！　人間本来の自由と創造性が最大限活かされる社会をどう作るか。イリイチが遺した不朽のマニフェスト。

メディアの文明史
ハロルド・アダムズ・イニス
久保秀幹訳
粘土板から出版・ラジオまで。メディアの深奥部に潜むバイアス＝傾向性が、社会の特性を生み出す。大柄な文明史観を提示する必読古典。（水越伸）

重力と恩寵
シモーヌ・ヴェイユ
田辺保訳
「重力」に似たものから、どのようにして免れればよいのか……ただ「恩寵」によって。苛烈な自己無化への意志に貫れた、独自の思索の断想集。ティボン編。

工場日記
シモーヌ・ヴェイユ
田辺保訳
人間のありのままの姿を知り、愛し、そこで生きたい――女工となった哲学者が、極限の状況で自己犠牲と献身について考え抜き、克明に綴った、魂の記録。

青色本
L・ウィトゲンシュタイン
大森荘蔵訳
「語の意味とは何か」。端的な問いかけで始まるこのコンパクトな書は、初めて読むウィトゲンシュタインとして最適な一冊。（野矢茂樹）

法の概念〔第3版〕
H・L・A・ハート
長谷部恭男訳
法とは何か。ルールの秩序という観念でこの難問に立ち向かい、法哲学の新たな地平を拓いた名著。批判に応える「後記」を含め、平明な新訳でおくる。

生き方について哲学は何が言えるか
バーナド・ウィリアムズ
森際康友／下川潔訳
倫理学の中心的な諸問題を深い学識と鋭い眼差しで再検討した現代における古典的名著。倫理学はいかに変貌すべきか、新たな方向づけを試みる。

思考の技法
グレアム・ウォーラス
松本剛史訳
知的創造を四段階に分け、危機の時代を打破する真の思考のあり方を究明する。『アイデアのつくり方』の源となった先駆的名著、本邦初訳。（平石耕）

ポパーとウィトゲンシュタインとのあいだで交わされた世上名高い10分間の大激論の謎
デヴィッド・エドモンズ／ジョン・エーディナウ
二木麻里訳
このすれ違いは避けられない運命だった？　二人の思想の歩み、そして大激論の真相に、ウィーン学団の人間模様やヨーロッパの歴史的背景から迫る。

言語・真理・論理
A・J・エイヤー
吉田夏彦訳
無意味な形而上学を追放し、〈分析的命題〉か〈経験的仮説〉のみを哲学的に有意義な命題として扱おう。初期論理実証主義の代表作。（青山拓央）

ちくま学芸文庫

東京《とうきょう》の昔《むかし》

二〇一一年一月十日　第一刷発行
二〇二二年四月十日　第五刷発行

著者　吉田健一（よしだ・けんいち）

発行者　喜入冬子

発行所　株式会社　筑摩書房
東京都台東区蔵前二―五―三　〒一一一―八七五五
電話番号　〇三―五六八七―二六〇一（代表）

装幀者　安野光雅
印刷所　明和印刷株式会社
製本所　株式会社積信堂

ISBN978-4-480-09347-9 C0195